오후 세 시 바람이 분다

오 후

세 시

바 람 이
분 다

이영 지음

좋은땅

나의 반려에게

책을 건네며

겨울을 좋아한다. 추워서 좋다. 추위를 많이 타면서도 그렇다. 그냥 좋으니 이유가 없다. 겨울이 되면 촘촘했던 울타리도 헐렁해지고 좁게만 느껴졌던 마당도 우리 집 마당이 이렇게나 넓었나 싶게 널찍하다. 겨울의 어원은 추운 날에는 집에 겻다(머물다)에서 유래했다고 한다. 겨울이 좋은 것도 숲이 좋은 것도 머물러 있을 수 있어서였을까란 생각이 얼핏 든다. 숲이 좋아 그저 아이들과 함께 지냈던 숲, 나 홀로 머물렀던 숲, 우리가 함께 지켜 나가고 싶은 숲에 대한 이야기를 하다 보니 곤충 이야기도 식물 이야기도 동물 이야기도 하게 됐다. 사실 그들을 빼고 숲을 말하기란 더 어려운 일이 아닌가.

숲을 좋아하지만 숲은 내게 한겨울의 모닥불과 같은 존재다. 모닥불 앞에 앉아 있으면 얼굴은 환하고 무릎은 뜨겁지만 등은 어둡고 어깨는 시리다. 내 작은 몸 하나에도 이렇게 온도차가 극명하다. 숲을 이루는 많은 것을 동경하지만 거머리, 뱀, 빈대, 모기, 습도 같은 것들은 몹시 힘들다. 모닥불 뒤쪽의 세상처럼 선득선득하다. 그럼에도 불구하고 장화를 신고 모자를 쓰고 덤불 속으로 들어가 채집하고 관찰하며 일지를 쓴다. 가만히 살펴보면 생김이든 속성이든 저마다 이유가 있고 무엇보다 뜨겁게 제 생을 살고 있다는 걸 알 수 있기 때문이다. 이런 일들은 등의 한기를 견딜 수 없을 때 일어나서 몸을 돌려세워 모닥불에 엉덩이를 쬐는 것처럼 견디기 힘든 것들로 마음을 돌려세우는 시도였다. 처음엔 쉽지 않았지만 반복되는 과정을 통해 지금은 꼭 피하고 싶었던 생물에게마저 어느 정도 다정하거나 혹은 애틋한 마음까지 생기기에 이르렀으니 이러다가 어느 날엔 "어머 어머, 요 이쁜 것" 할지도 모를 일이다.

책으로 묶기 위해 노트를 정리하고 메모를 옮기면서 알게 되었다. 내가 생각보다 오래전부터 숲으로 마음이 기울어 있었다는 걸. 숲이 먼저였는지 내가 먼저였는지 모르겠지만 나는 이미 숲에 스며든 것 같다. 그렇다면 이

제는 가만히 머물고 싶다. 숲이 좋다는 이야기가 이렇게
나 길어진 것 같다. 숲에서 찬찬히 응시하며 오래 머물고
싶다. 겨울 마당처럼 헐렁한 마음으로.

목 차

어떻게든 숲

어쩌다

숲

연우의 봄

  여섯 살 연우는 말을 참 잘한다. 발음도 분명할뿐더러 어휘 구사력이 뛰어나 전달력도 아주 좋다. 말만 잘하는 게 아니라 말도 아주 많다. 그래서 유치원 선생님들은 연우를 종달새라고 부르곤 한다.

  솔솔 부는 봄바람 얼음을 녹이고
  먼 산머리 아지랑이 아롱아롱 어리며
  종다리는 종종종 새봄 노래합니다

동무들아 오너라 봄맞이 가자
너도나도 바구니 옆에 끼고서
달래냉이 씀바귀 나물 캐 오자
종다리도 높이 떠 노래 부르네

1960년대생 내가 어릴 때부터 부르던 동요다. 봄이면 먼저 봤던 건 제비였고 먼저 들었던 새소리는 종달새 소리였다. 요즘은 제비도 본 적이 없고 종달새 소리도 들은 기억이 없다. 종달새는 하늘 아주 높이까지 날아오른다. 보통의 새들은 나무나 전깃줄 등 자리를 잡고 노래를 하는데 종달새는 아주 높은 곳을 날아다니면서도 노래를 부른다. 잠시 지저귀다 마는 것이 아니라 끊임없이 지저귄다. 새는 사람에게는 없는 명관이라고 하는 발성기관이 있어서 들숨에도 소리를 낼 수 있는데, 종다리는 들숨과 날숨 모두에서 소리를 내며 끝없이 지저귈 수 있다고 한다. 종다리야, 숨은 쉬고 노래하느냐고 묻고 싶을 정도였다. 그래서 옛 어른들이 말이 많은 사람을 종달새를 콕 집어서 종다리처럼 지저귄다 했겠지.

아무한테나 종다리 같단 말을 하면 안 된다. 연우 정도
는 돼야 종다리가 자존심이 상하지 않을 거 같다. 예전엔
종달새의 맑은 소리로 봄이 옴을 느꼈었는데 요즘은 들어
본 적이 없는 거 같다. 그래서 종달새 대신 연우가 종다리
처럼 따라다니며 재잘거리는 걸까. 요즘 나의 봄은 연우
로부터 온다.

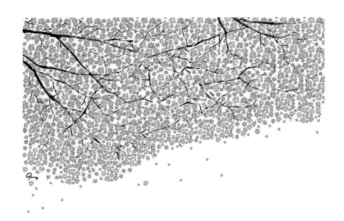

잡초의 힘

2층 창에서 보니 텃밭의 두둑 위로 싹이 보여서 반가운 마음에 잰걸음으로 달려갔다. 보름 전에 감자를 심었는데 도통 싹이 올라올 기미가 없었다. 이웃 밭에는 벌써 상추 크기만큼 무성해서 마음이 조급해지던 참이었다. 씨감자 는 아는 분이 주신 것이었다. 하마나 하마나 싹이 돋기를 기다리다가 혹 씨감자가 잘못된 것은 아닐까 의구심까지 들었다. 드디어 내 감자도 싹을 틔우는구나 반가웠다. 기 다리면 결국 이렇게 싹이 돋을 건데 조금 늦는 것을 두고 성급했던 마음을 나무랐다. 두둑 위로 군데군데 올라온 것은 감자 싹이 아니라 흰 명아주였다.

영화 〈리틀 포레스트〉를 보면 한여름에 땀을 흘리며 잡초를 뽑는 여주인공의 온몸에서 풀이 저절로 돋아 자란다. 잡초의 번식력을 이보다 더 잘 표현하기란 쉽지 않겠다. 영화의 이 장면에 크게 동의한 것은 그즈음 작은 텃밭을 일구기 시작했기 때문이다. 주택 뒤쪽으로 10여 평 정도의 텃밭을 일구고 있다. 크지도 않은 텃밭은 봄부터 잡초와의 싸움이다. 풀을 뽑고 돌아서면 금세 또 풀이 돋아난다. 풀은 뽑고 지나는 발뒤꿈치에 매달려 다시 자라는거 같다. 다섯 해 정도 텃밭을 가꾸다 보니 농사란 작물을 키우기보다는 잡초를 뽑는 일이란 생각이 들 정도다.

민들레, 개불알풀, 뚝새풀, 환삼덩굴, 도깨비바늘, 흰 명아주, 갈퀴덩굴, 며느리배꼽, 며느리밑씻개 등 일일이 이름 부를 수 없을 만큼 많다. 분명 이렇게 이름이 있고 들에 피어 있으면 누가 뭐래도 예쁜 풀꽃을 잡초라고 하는건 아무래도 장소에 적절치 않은 탓이겠다. 나만 해도 길가의 좁은 틈새에 피어 있는 개불알꽃은 허리를 굽혀 찬찬히 살피면서 텃밭에 있는 건 호미로 가차 없이 뽑아내게 된다. 텃밭을 일구지 않을 때는 풀꽃이었던 것이 이제는 작물 아닌 것은 모두 잡초가 되었다.

돌보지 않아도 스스로 자생하는 것을 잡초라고 한다면 이렇게 뽑아도 뽑아도 무서우리 만치 무성한 것은 당연한 일이겠다. 하나를 제거하면 그 인근에 서너 개가 솟아난다. 잡초가 솟아나는 속도를 내가 이기지 못하고 있다. 특히나 이 밭에는 흰 명아주가 씨를 뿌린 듯 솟아오른다. 그렇다면 방법은 하나, 민들레가 싫으면 민들레를 사랑하면 된다고 했다. 흰 명아주의 어린잎도 먹을 수 있는 식물이라고 한다. 나물로도 먹고 쌈으로도 먹고 국으로 끓여도 된다고 하니 이를 먹어 버리면 어떨까. 잡초에서 작물이 된다면 감자처럼 애타게 싹이 돋길 기다리게 될지도 모를 일. 그나저나 내 감자에게 무슨 일이 생긴 걸까. 요즘은 땅을 파고 싶은 마음을 가까스로 누르고 있다. 감자를 양분으로 먹고 흰 명아주가 자라는 건 아니겠지. 땅속 일이 너무나도 궁금하다.

잡초

생명력이 질긴 잡초를 제거하는 방법은 잡초가 스스로의 무게를 감당하지 못하고 쓰러질 때라고 합니다. 격려차 하는 칭찬에 기고만장하다가 작은 성취에 안하무인 하다가 이 정도면 나름 잘 살고 있는 거라며 목에 힘 빳빳하게 자아도취하다가 메모해 둔 이 글을 보면 등골이 서늘해집니다.

모기 없는 세상

여름이었다. 유치원의 선생님이 숲에서 만나자마자 지난번에 숲 놀이를 하고 원에 돌아가니 원아의 옷에 진드기가 있었다며 "풀 없는 곳에서 놀아요.", "모기에 물리지 않게 해 주세요." 하신다.

사계절 중에서 겨울을 제일 좋아한다. 가을이 좋은 것도 겨울이 가까워서고 봄이 시큰둥한 것은 여름을 앞두고 있어서다. 그렇다. 여름을 싫어한다. 더운 것도 싫지만 모기 때문이기도 하다. 모기만 아니라면 여름을 좋아할 것도 같다. 봄마저 시큰둥할 만큼 모기가 싫다. 모기뿐이랴. 여름엔 온갖 곤충들의 천국이다. 숲 선생을 하면서 이렇게 드러내고 곤충이 싫다고 하면 미안한 일이지만 모기, 진드기, 초파리, 파리, 잠시만 눈을 돌리면 사방에 거미줄을 치는 거미 등 싫은 게 한두 가지가 아니다. 오래전부터 여름이 없는 세상에서 살고 싶다는 생각은 아직도 유효하다.

"겨울엔 왜 나비가 없어요?" 아이들이 묻는다. 겨울엔 꽃이 피지 않고 나뭇잎도 없고 열매도 없으니 곤충들이 먹을 게 없어서 겨울잠을 잔다. 겨울엔 아무래도 곤충들이 드물다. 그러면 극한 겨울의 나라인 남극엔 곤충이 살지 않을까?

남극에도 곤충이 있다고 한다. 많지는 않지만 각다귀의 종류가 살고 있는데 *Belgca antarctica*는 2~6mm 크기의 작은 곤충이다. 2년 정도 유충으로 살다가 성충으로 변신하고 10여 일 정도 지나면 짝짓기를 하고 알을 낳은 후 생을 마감한다는데 여느 곤충의 생과 다르지 않다. 이 곤충이 남극의 추위 속에서도 살아남을 수 있는 것은 눈과 얼음 때문이다. 눈과 얼음 속은 평균 영하 7도 이하로는 잘 내려가지 않아 눈이 이불처럼 보온대가 되어서 곤충이 오래 생존할 수 있다고 한다.

　저토록 작은 곤충도 본능적으로 환경에 적응하는 모양인데 도무지 나는 여름에 적응하지 못하고 모기 앞에서는 한없이 위축이 된다. 모기뿐이랴. 방심하고 있는 사이 똥파리가 날아들면 화들짝 놀라 뒷걸음질 치기가 일쑤다. 파리도 작정하고 달려들면 어찌 그리 무섭던지. 원의 선생님께서 말하지 않아도 모기 없는 숲이 있다면 내가 먼저 달려갈 테다. 어디 그런 숲 없나요?

당신의 밥이 되어 줄게요

　매주 숲에 오는 만 1, 2세 반이 있었다. 두 명은 아직 12개월도 되지 않아서 유모차를 타고 오는데 누나 오빠들이 숲 놀이를 하는 동안 유모차에서 밥을 먹기도 했다. 어떤 날은 잘 받아먹고 어떤 날은 선생님이 밥을 먹이기 위해 애를 먹는 것을 보기도 한다. 유모차 옆에 쪼그리고 앉아서 아이에게 밥을 먹이는 선생님을 보며 어쩌면 밥 먹이는 일이 제일 고된 게 아닐까 생각하곤 한다. 아이들을 키워 보면 안다. 제때에 밥을 잘 받아먹는 것만으로도 얼마나 큰 기쁨인지. 온갖 시간과 정성을 쏟아 이유식을 만들어 주면 두어 숟가락 받아먹고 말거나 겨우 받아 놓고는 뱉어 버리기 일쑤다. 꿀떡 삼켜 주면 좋으련만 이 어린 생명들은 그게 왜 그리 어려운 일일까.

밥이란 게 그렇더라. 어릴 때는 밥 한 술 받아먹는 것만으로도 칭찬을 듣는다. 학교 다닐 땐 나 역시 등짝 얻어맞으며 밥 먹으란 소릴 들었다. 그런데 어른이 되니 밥 먹기 위해 잠도 줄여야 했고 성질도 죽여야 했다. 뿐만 아니라 문밖을 나설 때는 마음을 내려 두고 속없는 사람이 되어 나서야 했고 싫은 웃음도 지어야만 했다. 그런 세월 다 살아 내고 드디어 내 맘대로 밥 좀 편히 먹는가 싶었더니 이젠 남들 밥이 돼야 하는 거라고 한다. 그래야 잘 사는 것이고 제대로 사는 것이고 사람이면 마땅히 그래야만 하는 것이란다. 그러니까 우리는 누군가의 따뜻한 밥 한술이 되기 위해 그토록 많은 밥을 먹어야 했던 건지도 모른다.

유모차에 앉아서 선생님이 주는 밥을 받아먹는 10개월짜리 저 아이도 훗날 따뜻한 밥 한 그릇이 되기 위해 지금 한 숟가락 밥을 마주하고 있는 것이겠다. 아이들이 쉽게 밥을 받아먹지 않는 것은 어쩌면 먼 훗날 밥이 되어야 하는 운명을 알기 때문은 아닐까. 너무 쉽게 남의 밥이 되고 싶지 않은 것일지도 모르겠다.

달고 맛있는 똥

숲 선생님들마다 아이들과 숲에서 노는 방식이 다르
다. 같은 솔방울이라도 놀이를 풀어 가는 게 달라서 숲 선
생 초기에는 여기저기 실습을 다니며 수업 참관을 하곤
했다. 특히 놀이를 재밌게 한다는 선생님 수업엔 허락만
해 주면 먼 거리도 마다 않고 달려가곤 했었는데 모든 선
생님들이 수업을 공개하는 건 아니었다. 유독 수업을 공
개하지 않는 분들도 있었는데 공개하지 않으면 그게 왜
또 그렇게 궁금한지 모르겠다. 어떤 숲 놀이 비기가 있어
서 그런 수업에 참관만 하면 금세라도 아이들과 신나게

숲 놀이를 할 수 있을 것만 같았다. 참관하지 못한 아쉬움은 크지만 연구하고 연습하고 노력해서 얻은 자산이니 그럴 만도 하다. 존중한다. 그렇게 비공개 수업에 대한 궁금증과 참관하고 싶은 열망에 들뜨게 했던 그 선생님이 다른 선생님 수업을 보고 있었다. 심지어 양해도 구하지 않고 동영상까지 찍으면서.

부전나비는 개미굴 근처에 알을 낳는다고 한다. 그러면 개미는 알을 굴로 가지고 가서 육아실에 두고 육아를 한다. 알은 개미의 육아실에서 애벌레로 자라는데 나비의 애벌레가 똥을 싸면 그 분비물을 개미들이 먹고산다. 애벌레의 똥엔 아미노산이 풍부해서 개미에겐 좋은 먹이가 되는 것이다. 이런 관계는 나비의 애벌레가 번데기가 될 때까지 계속된다. 그런 후 날개를 달고 우화한 나비는 개미굴에서 날갯짓을 시작해 날아오른다.

개미는 진딧물을 따라다닌다. 진딧물이 나무나 풀의 수액을 빨아먹은 후 달고 끈적한 똥을 싸는데 이 배설물을 개미는 맛있게 받아먹는다. 그렇다면 진딧물은 개미에게 달달한 똥을 거저 주는 것일까. 그럴 리가. 진딧물은 무당벌레의 좋은 먹잇감인데 개미는 진딧물을 잡아먹는 무당벌레를 막아 준다. 이렇게 서로 상부상조하며 살아가는데 개미는 진딧물이 도망가지 못하도록 진딧물의 날개를 떼어 버리기도 한단다. 개미가 일껏 무당벌레를 막아 주며 도와줬는데 진딧물이 제 배만 불리고 날아가 버리면 억울하지 않겠나. 곤충계의 '나무꾼과 선녀'라고 해도 좋겠다. 공생이란 어느 한쪽으로 치우치면 관계가 허물어진다. 팽팽하게 균형을 이뤄야만 공생인 것이지.

공생이 곤충들만의 일은 아닐 테다. 우리가 불편은 감내할 수 있지만 불평등은 참을 수 없는 것도 그래서가 아니겠나. 나를 안전하게 보호해 주고 음식을 먹게 해 주면 원하는 달고 맛있는 똥을 줄 줄도 알아야 하는 것이다.

나도 이제 부자다

주택으로 이사를 하고 집 안에 그리마가 자주 출몰하고 있다. 속된 말로 진짜 미치겠다. 내가 어린 시절을 보내던 1970년대에는 바퀴에 대한 기억이 별로 없다. 3억 2000만 년 전부터 살아온 화석 곤충인 바퀴가 그 시절이라고 없었을 리 만무다. 바퀴가 살지 못할 만큼 엄마가 집 안을 깨끗하게 정리를 했다기보다는 바퀴를 인식하지 못했기 때문일 것이다. 바퀴에 대한 생생한 기억은 1986년도다. 너무나도 정확하게 기억하는 이유는 엄지손가락보다 더 큰 바퀴가 내 왼쪽 청바지 통으로 들어갔기 때문이다. 결혼을 한 이듬해에 부산으로 이사를 했는데 지은 지 아주 오래된 주택이었다. 거실에 앉아 있는데 눈 깜짝할 사이에 바퀴가 바지 안으로 들어갔다. 본능적으로 이물감이 느껴지는 부분의 바지를 움켜쥐었다. 비명도 지르지 못하고 그저 손에 온 힘을 다하고서 그대로 얼었었다. 청바지의 두꺼운 질감을 뚫고 전해지던 그 존재감은 지금도 생생하다.

내가 어릴 때에는 다른 벌레로 공포에 떨었다. 바로 돈벌레다. 특히 시골 할머니 댁에서 자주 맞닥트리곤 했었는데 그 수도 없이 난 털 같은 다리로 사람이 있거나 없거나 천연덕스럽게 기어가는 걸 보면 혐오스러운 생김에 온몸에 소름이 끼쳤다. 그런데도 할머니나 고모는 그 벌레를 잡지 않았다. 집에 돈이 들어오는 벌레라면서. 돈벌레의 이름이 그리마라는 걸 숲 공부를 하면서 알게 되었다.

예전엔 할머니가 돈벌레라고 잡지 못하게 했다면 요즘은 그리마가 바퀴의 천적이라고 바퀴가 있는 집에서는 그리마를 잡지 말라는 말도 하는 모양이다. 그리마는 곤충의 알이나 작은 유충을 먹이로 삼기 때문인 것 같다. 그러나 바퀴 알을 먹으라고 그리마를 풀어 두기엔 그리마 역시 온몸에 오줌을 묻히고 다니면서 피부의 트러블을 유발한다니 익충보다는 해충에 가깝다고 본다. 익충이라고 해도 그게 어디 집에서 기를 비주얼인가.

이런 그리마가 왜 돈벌레란 이름으로 불렸을까. 그건 그리마가 습하고 따뜻한 곳을 좋아하기 때문이다. 요즘이야 대체로 난방이 잘 되어 있지만 예전이야 방 하나에도 윗목 아랫목이 있을 정도로 난방이 제대로 되지 않을 때였다. 방이 따뜻하다는 건 잘사는 집이라는 뜻이었을 테다. 따뜻한 곳을 좋아하는 그리마가 사는 곳은 부잣집이었을 테니 그런 이름이 붙었던 것 아닐까. 내가 살던 서울 집보다는 시골 할머니 댁에서 더 자주 봤던 것도 그 때문일지 모르겠다. 서울 집에서는 솜이불을 덮어도 코끝이 시렸지만 할머니 댁에는 군불 가득 지핀 아궁이로 방구들이 뜨거워 이불 위에서 자곤 했으니까. 돈벌레가 살기 딱 좋은 환경이었을 테다.

딱히 난방을 하지 않았음에도 벽 귀퉁이로 스스스스

기어가는 그리마를 보며 집은 단단하게 지어진 모양이라
고 애써 생각을 돌리며 이제 나도 부자가 돼서 집에 그리
마가 출몰한 거라고 주문을 해 보지만 그 어떤 것도 위로
가 되진 않는다. 그저 유일한 위로라면 박스로 사다 둔 에
프킬라 정도랄까.

날파리에 기대다

등산을 좋아한다. 집 뒤쪽의 산을 일주일에 서너 번은 오르고 있다. 산을 오르다가 보면 날파리 몇 마리가 죽자 살자 따라올 때가 있다. 아무리 손을 휘저어도 얼굴 가까이거나 눈에서 걸리적거린다. 때론 눈에 날파리가 들어오기도 해서 가던 길을 멈추고 애써 눈물을 흘려 끄집어내야 할 때도 있다. 눈에 날파리가 들어갔을 때는 눈이 커서 그런 걸까, 눈에 대한 자부심이 발동하기도 했다. 도대체 애는 왜 이렇게 나를 따라다니는 것이냐.

사람처럼 날파리 역시 물을 필요로 한단다. 물뿐 아니

라 염분도 필요로 하는데 산중에서 염분 있는 물을 찾기란 그리 쉬운 일이 아니었을 것이다. 때마침 땀을 삘삘 흘리며 지나가는 생명체를 발견했을 것이고 고맙게도 물기 촉촉한 눈까지 만났으니 앞뒤 가릴 처지가 아니었을 테니 물불 가리지 않고 달려들었을 것이다.

겨우 남들 다 가지고 있는 물기 어린 눈만으로도 날파리가 달려드니 가진 것이 많은 사람은 어떨까. 나만 해도 아쉬운 게 있을 때는 그것을 해결해 줄 이들에게 종종 연락을 했고 귀찮게도 했었던 거 같다. 아쉬울 게 없으면 연락을 뜸하게 한 것도 부인할 수 없겠다. 아는 것이 별로 없는 내게도 숲 관련 일을 할 때는 종종 연락을 하는 이들이 있었지만 일을 쉬고 있는 요즘은 통 연락이 없다. 어쩌다가 연락이 오면 대부분 뭔가 필요한 게 있어서다. 기분이 별로지만 나도 했던 짓이라 딱히 기분을 내보일 처지는 아니다. 그래도 조금 쓸쓸하고 그간의 시간이 허망하게 느껴지기도 한다.

이제는 쓸모가 줄어든 것일까 뭐 그런 생각으로 자존

감이 줄어든 요즘 눈가로 달려드는 날파리가 반갑다. 아직은 어떤 쓸모가 남아 있다는 걸 알려 주는 것 같아서. 시간이 지난 먼 훗날 내가 몹시 외로웠을 때 날파리에 의지해 그 시간을 건너왔다고 말할지도 모르겠다.

그런 날이면

  아름다움을 표현할 길이 없어 대신 꽃을 건넬 때도 있고 마음을 설명할 언어를 찾지 못해 카드를 살 때도 있다. 벅찬 즐거움을 표현할 방법을 몰라 노래를 불렀던 기억을 떠올리며 누군가에게 이용당해 분한 마음이 들면 그땐 내가 꽃이려니, 카드려니, 노래였을지도 몰라, 하면서 나를 다독이곤 한다.

독 동냥

아이들이 둥그렇게 모여 있기에 궁금해서 다가갔다.
아니나 다를까 곤충 박사 준우가 무리 속에 있었다. 준우
가 있는 곳엔 무조건 곤충이 있다. 곤충이 보고 싶으면 준
우만 따라다니면 된다. 준우는 곤충 박사다. 특히 곤충에
취약한 나는 모르는 곤충을 발견하면 준우부터 부른다.
그날도 아이들이 나뭇가지로 곤충을 치려는 걸 준우가 막
으며 관찰하고 있었다.

"딱정벌레예요."

뭐냐고 묻는 내 말에 곤충에서 눈을 떼지 않고 준우가 말한다. 가만 보니 까만 가뢰에 붉은색 작은 곤충이 붙어 있었다. 가뢰의 1/3 크기의 붉은색 딱정벌레가 죽자 사자 가뢰에 붙어 이리저리 가뢰가 움직이는 대로 끌려다녔다. 가뢰는 딱정벌레를 떼어 내려 요란하게 몸을 흔들었지만 딱정벌레는 악착같이 매달려 끌려다녔다. 준우도 그 상황을 모르는 눈치였다.

"짝짓기는 아닌 거 같아요. 다르잖아요."

집에 와서 찾아보니 가뢰는 남가뢰였고 붉은색 작은 딱정벌레는 홍날개였다. 스터디할 때 교수님께 여쭤봤다. 이게 어떤 상황이냐고. 홍날개 암컷은 칸다라딘이란 물질을 무척 좋아한다고 한다. 그래서 칸다라딘을 많이 보유한 수컷을 최고로 치는 까닭에 홍날개의 수컷은 죽자사자 남가뢰의 꽁무니를 따라다닌다는 것이다. 왜냐면 남가뢰의 방어물질인 칸다라딘 때문이다. 칸다라딘은 독성이 강한데 남가뢰는 독성이 강한 쑥을 먹고 칸다라딘을 만든다고 한다. 남가뢰는 딱지날개가 온전하지 않고 생기다가 만 것처럼 작아서 날지 못한다. 그래서 위험을 느끼면 몸속 독소인 칸다라딘을 노랗게 내뿜게 되는데 이 순간을 노리고 홍날개는 남가뢰 몸에 붙어서 질질 끌려다니고 있는 것이다. 홍날개 암컷은 왜 이 칸다라딘에 그야말로 환장을 하는 것일까. 암컷은 알을 낳고 나서 알에 칸다라딘을 묻혀 둔다. 칸다라딘은 알이 발육할 때 필요한 성분이기도 하고 또 독을 묻혀 알을 보호하는 방편으로도 쓰는 것이었다.

독이란 게 농도의 조절만으로도 약이 되기도 하고 독이 되기도 한다. 돌고래도 복어를 물어서 독을 먹고 독에 취해 즐긴다고 한다. 홍날개 수컷은 자기가 죽지 않을 만큼 독을 묻히고 암컷 또한 알이 다치지 않을 만큼 독을 묻혀 둔다. 죽지 않고 필요한 만큼만 취하는 그 아슬한 경계가 경이롭다.

못하는 게 있어도 어지간하면 남에게 부탁을 하지 않으려 한다. 부탁을 했는데 상대가 들어줄 상황이 아닐 수도 있으니 부담 주기 싫어서다. 그걸 예의고 일종의 배려라고 생각하며 살았던 거 같다. 예의는 있었을지 모르겠으나 발전은 없었다. 늘 내 위주의 사고와 생활이었던 거 같다. 죽자사자 떼어 내며 도망가는 남가뢰의 바짓가랑이에 매달려 부탁하는 홍날개처럼 나도 누군가에게 절실하게 도움을 청했더라면 나 역시 누군가의 절실함을 이해하고 도움을 줄 수도 있었을 텐데 그러질 못했다. 내가 못하기 때문에 부탁할 수 있는 건 큰 용기고 겸손이란 생각이 든다. 너무 늦은 것일까.

다음 주 준우에게 이 이야기를 어떻게 해 줄까. 아니다. 벌써 내가 알아낸 것 이상으로 알아냈을지도 모른다. 준우를 만나면 짐짓 모르는 척 먼저 물어봐야겠다. 준우가 알려 주면 나는 두 눈동자를 반짝이며 준우의 이야기를 들을 테다. 준우가 내게 그랬던 것처럼.

위험한 사랑

초여름이었다. 아이들과 숲 활동으로 매미 허물을 찾기로 했다. 매미 허물이 쉽게 찾아지는 것이 아니어서 가로수며 숲이며 매미 허물을 찾으러 사방으로 돌아다녔다. 그렇게 구한 매미 허물을 아이들의 숲 활동 근처에 놓아두고 아이들과 함께 찾는 놀이다. 그러면서 매미가 왜 우는지, 어떻게 그런 소리가 나는지를 이야기하는데 때마침 매미가 울어 주면 아이들과 매미 놀이를 하기에 더없이 좋다고나 할까.

7월이 가까워지면 온 도시가 떠내려갈 듯 매미가 그야

말로 울어젖힌다. 그러니 숲은 오죽할까. 귓가에서 쟁쟁
거리는 소리에 더 덥다. 이제 정말 여름이구나 실감하는
게 매미 울음소리가 아닐까. 아이들에게 물었다.

"애들아, 매미는 왜 우는 거니?"

울음소리를 내는 건 주로 수컷이라고 한다. 수컷이 암
컷을 부르는 소리라고 해서 우리들끼리는 수컷 매미가
"내 아를 낳아도 내 아를 낳아도" 한다고 우스개를 한다.
이토록 맹렬하고 처절한 프로포즈가 또 있을까. 구애하는
이 소리에 매미 암컷만 오면 좋으련만 그렇지가 않단다.
수컷은 복부 근처에 있는 울림판을 진동시켜 소리를 내는
데 매미기생나방이 이 울음소리를 듣고 매미에게 날아든
다고 한다. 매미기생나방이 나무껍질에 알을 낳아 두면
애벌레가 매미 울음소리를 듣고 매미의 몸에 기어 올라타
는 형태로 기생을 한다고 한다. 매미기생나방의 애벌레
를 본 적이 있다. 포충망에 걸린 매미의 날개 쪽에 마치 삶
아 놓은 율무처럼 생긴 것이 붙어 있었다. 그것이 매미기
생나방의 애벌레라는 것을 나중에야 알았다. 며칠밖에 살
지 못하는 매미의 성충에 기생을 하니 얄밉고도 교활하게

느껴졌지만 그러나 어쩌랴. 이들도 어떻게든 살아야 하는 것을. 그래도 쉬파리에 비하면 이건 덜하다. 매미기생나방은 매미의 속을 파먹고 살지는 않고 성장한 후에는 외부에서 기생한다고 한다. 그러나 쉬파리 애벌레는 매미의 속을 파먹으며 매미가 죽을 때까지 그 안에서 산다고 하니 그나마 매미기생나방은 양심이 있다고나 할까.

매미가 덜 울었다면 어땠을까. 어찌 사랑 한 번 해 보겠다고 온 생애를 다해 울다가 벼락을 맞았다. 사랑이란 이렇게 달콤하고도 위험하다.

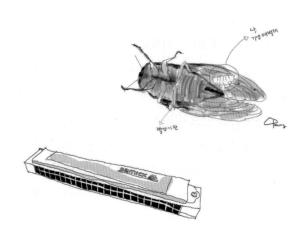

나비는 꿀만 먹고 살까?

산티아고 순례길을 걸을 때였다. 9월의 스페인 볕은 따갑다 못해 아팠다. 그늘 한 점 없는 평야를 몇십 킬로미터씩 걸을 때가 많았다. 10킬로그램의 배낭을 메고 25킬로미터를 걸을 때도 있었다. 그런 날은 옷에 허연 소금기가 얼룩지곤 했다. 한낮의 평야를 걸을 때는 기능성 바지임에도 불구하고 땀으로 바지가 다리에 감겼는데 배낭을 내려놓고 잠시 쉴 때였다. 어깨에 나비 한 마리가 앉았다. 어깨를 들썩여도 날아가지 않았다. "어머, 내가 꽃인 줄 아는가 봐!" 어깨에 앉아서 열심히 주둥이를 대고 있는 나비를 보며 우스개를 했었다.

숲 선생을 하면서 돌이나 아스팔트 바닥에서 열심히 맴도는 나비를 발견할 때가 있었다. 꽃도 아닌 바닥을 왜 저렇게 핥고 있을까 궁금했다. 꽃에 앉은 나비보다 풀잎이나 땅바닥, 돌 위에 앉아 있는 나비가 더 자주 눈에 띄었다.

나비는 꿀만 먹는 줄 알았는데 그렇지 않다고 한다. 나비는 달콤한 꿀만 먹는 게 아니고 염분과 단백질 등도 필요로 하는데 바위나 흙에서 그 성분을 구하기도 한단다. 뿐만 아니라 염분과 단백질을 섭취하기 위해 동물의 눈에 앉기도 한다는데 눈물의 성분에는 염분, 칼슘, 단백질, 미네랄이 있기 때문이란다. 악어의 눈에 주둥이를 넣고 있는 나비가 관찰되기도 한다는데 이 역시 악어의 눈물에서 필요한 성분을 취하기 때문이다. 거북이의 경우는 염분을 배출하기 위한 눈물을 흘리기도 하는데 이때를 놓치지 않고 나비들이 달라붙어서 그 염분을 빨아 먹기도 한다.

나비가 앉은 건 내가 흘린 땀의 소금기 때문이겠지만

사람이 어디 사실만으로 살아가던가. 언제 등산을 하다가
어깨든 등이든 나비가 앉으면 내가 꽃이라서 그랬으려니,
나비도 알아보는 미모려니 해 보자. 남에게 해를 끼치는
일이 아니라면 이런 착각 즐겁지 않은가. 대신 남이 알면
이상하게 생각할지 모르니 이건 우리끼리 비밀로 하자.

육아 없는 세상에 사는 곤충

부성애를 이야기할 때 가시고기를 먼저 떠올린다. 아무래
도 소설 《가시고기》의 영향이 크겠다. 가시고기의 부성애도
눈물겹지만 물자라도 그에 못지않다. 물자라는 물이 고여 있
는 곳에서 사는 수서곤충이다. 일생을 물속에서 살지만 아가
미가 없어 꼬리처럼 생긴 작은 호흡관을 물 밖에 내놓고 공기
호흡을 해야만 숨을 쉴 수 있다. 물자라는 암컷이 수컷의 등
에 알을 낳는데 알을 낳은 암컷은 떠나가고 수컷이 알을 업어
서 키운다. 알이 부화할 때까지 산소를 공급하기 위해 수컷은
물속과 물 위를 수없이 오르내리며 천적으로부터 알들을 지

켜 낸다고 한다. 자신의 유전자를 위한 치열한 삶은 곤충이나 사람이나 별반 다르지 않은 것 같다. 그렇다고 모든 생물이 육아에 허덕이는 건 아니다. 육아를 하지 않는 곤충도 있다.

봄에서 초여름 사이에 숲을 지나면 달려드는 하루살이로 숨을 쉴 수가 없을 정도다. 멀리서도 보일 정도로 빽빽하게 무리지어 날고 있다. 입을 가리고 눈을 가려도 하루살이 떼를 지나면 아마 여러 마리를 흡입한 후일 것이다. 하루만 살아서 이름이 하루살이라고 어릴 때부터 들었다. 그래서 하루만 산다고 당연하게 믿었다. 하루살이는 성충이 되어서 일주일 정도 산다고 한다. 이렇게 수명은 짧지만 이미 3억 5천만 년 전에 출현했다고 하니 역사와 전통은 인간보다 한 수 위겠다. 하루살이는 입이 없다. 그럼 성충으로 사는 일주일 동안은 뭘 먹고 사는 것일까. 물속에서 애벌레로 있다가 일주일을 살 에너지를 지니고 우화하게 된다. 일주일 치분의 수분을 가지고 우화를 하는데 입 없이 죽을 날을 알고 날아오르니 마음이 얼마나 바쁘겠는가. 짝을 만나야 하고 알을 낳아야 하니 허비할 시간이 없다. 그룹으로 날아올라 짝짓기를 한다. 왜 그룹이냐고? 그룹은 힘이 세다. 적으로부터 어느 정도 보호를 받을 수 있다. 사람조차도 무리지어 나르는 하루살이 떼는 피해 가게 되니까. 이렇게 무리를 지어 화끈하게 일주일을 살다가 물 위 공중에서 알을 떨어트린다. 풀섶에 낳기도 하는데 어디에 낳건 그것으로 끝이다. 그 누구도 육아를 하지 않는다. 그야말로 짧고 굵게 살다 가는 것이겠다. 이제 알들은 각자 살아남아야 한다. 물에 휩쓸려 가지 않도록 해야 하고 뭐라도 스스로 먹어야만 한다. 감사하다면 부모가 많은 피붙이를 낳아 주어서 의지가 된다고나 할까. 육아를 하지 않는 곤충들은 알을 많이 낳는다고 한다.

우리가 보는 숱한 하루살이들이 보기엔 성가신 생물이지만 부모의 보호 없이 모두가 자수성가한 아이들이라는 것이다. 그래서 3억 5천만 년을 이어서 살고 있는 것이겠지. 먹여 주고 입혀 주고 진자리 마른자리 갈아 준 부모의 기반으로 살고 있으면서도 아쉬움이 아직도 많은 나로서는 참으로 부끄러운 일이다. 부모덕을 많이 보고 있는 지인을 보며 부러운 마음이 가득해질 때, 이 하루살이만도 못한 인간아, 나를 책망하게 된다.

당신의 약점은

배움이 많지 않았지만 아버지의 약점이 학벌은 아니었습니다. 일생 넉넉잖은 살림살이였지만 가난이 아버지의 약점이 되진 않았습니다. 이름 석 자, 식구들 말고는 아무도 알아주지 않았지만 명성 따윈 아버지의 약점이 될 수 없었습니다. 오로지 사랑 때문에 생긴, 아버지 유일의 약점은 바로 나였습니다.

나비랑 겸상한다

친구가 초피나무 한 그루를 주었다. 화분에 심어 두고 고기를 구워 먹을 때 잎을 따서 먹기도 하고 장아찌를 만들기도 해서 봄부터 늦가을까지 내겐 요긴한 먹거리다. 그날도 마당에서 고기를 구우며 잎을 몇 장 땄다. 씻으려고 보니 새똥처럼 시커먼 것이 잎자루에 묻어 있었다. 호랑나비 애벌레였다. 언제 호랑나비가 날아와 알을 낳았던 모양이다.

곤충들은 기주식물이 있다. 기주식물이란 다른 말로

숙주식물이라고도 하는데 주로 초식성 곤충이나 그 애벌레의 먹이가 되는 식물을 말한다. 같은 나비라도 먹는 게 다 다르다. 꼬리명주나비는 쥐방울 덩굴을 좋아하고 사향제비나비는 등칡을 좋아한다. 네발나비의 경우는 환삼덩굴을 수리팔랑나비나 먹그린나비는 합다리 나무를 애호랑나비는 족도리풀을 먹는다. 그래서 숲 선생들은 특정 나비를 관찰하기 위해서 기주식물을 찾아 나서곤 한다. 산초나무를 준 친구의 경우는 애호랑나비를 관찰하기 위해 농막 근처에 족도리풀을 키우고 있다. 표범나비가 많이 날고 있다면 발아래를 살펴보라. 아마 제비풀이 많이 있을 거다. 표범나비는 제비풀을 좋아한다. 이들은 기주식물을 먹고 거기에 알을 낳는다. 그곳이 집인 셈이다. 먹고 아이를 키우는 집.

호랑나비는 초피나무, 탱자나무, 백선, 황벽나무 등 운향과 나무를 좋아해서 이 나뭇잎에 알을 낳는데 애벌레는 나뭇잎을 먹으며 나비가 되어 날아가기 전까지 그곳에서 애벌레의 전 생애를 살게 된다. 초피나무를 살펴보니 네 마리가 더 있었다. 고만고만한 것들이 꼬물꼬물 머리를 들어 먹이를 먹는 게 신기하기도 하고 기특하기도 하다. 마치 어린아기가 젖병을 빠는 것처럼 내겐 그지없이 애틋했다.

새똥처럼 새까만 애벌레는 처음이었다. 신기해서 숲으로 데리고 가서 아이들과 함께 관찰을 했다. 좁쌀 같은 알에서 5령의 애벌레까지 아이들과 함께 관찰할 수 있었다. 새똥처럼 볼품없던 애벌레가 5령이 되면 외모가 풍기는 아우라가 남다르다. 마치 귀족처럼 우아하고 만지면 말랑하고 너무 부드러워 깜짝 놀랄 정도다. 그러나 만질 때 조심해야 한다. 적을 위협하겠다고 첫 번째 마디에서 노란 취각이 둘로 갈라져서 나오는데 냄새가 고약하다. 이 정도면 사마귀 정도는 쫓을 수도 있을 거 같다. 사마귀는 호랑나비 애벌레의 천적이다. 오며 가며 수시로 마릿수를 확인하는데 애벌레가 자주 사라진다. 사마귀거나 새가 잡아먹은 거 같다. 200개의 알에서 나비가 되는 건 두세 마리라고 하더니 4령쯤 되면 나무에서 사라진다. 초피나무에 번데기 트는 걸 본 적이 없다.

아무튼 호랑나비가 내 초피나무에 알을 낳는 바람에 난 초피잎을 먹지 못하고 있다. 고깟 애벌레가 먹으면 얼마나 먹어 싶겠지만 그건 모르는 소리다. 먹성이 얼마나 좋은지 잎은 금세 사라지고 마치 살을 다 발라낸 생선가시처럼 초피나무는 가지와 붉은 가시만 앙상하게 남는다.

올봄에 작은 초피나무 한 그루를 더 얻었다. 이건 내가 먹고 싶다. 부디 여기엔 알을 낳지 않았으면 좋겠다. 이렇게 말하고 보니 애벌레와 겸상하는 기분이다.

흙에서 소리가 나요

숲에 오면 나무에 오르는 아이, 무작정 뛰고 보는 아이, 개미를 잡는 아이, 곤충에 관심을 보이는 아이 등 참 다양하다. 아이들 중에서 유독 땅만 파는 아이가 궁금했다. 땅을 헤집는 아이를 보며 흙에 뭔가가 있는 줄 알았다. 진욱이 역시 자유 시간을 주면 땅만 팠다. 언젠가 숲에 있는 팔각정 아래에 들어가서 엎드려 있었다. 마치 땅에 귀를 기울인 듯 납작 몸을 수그리고 있었는데 가까이서 보니 흙에 얼굴을 가만히 대고만 있었다. 난 벌레가 옷 속으로 들어가거나 물릴까 봐 은근 걱정이 앞섰지만 진욱이는 불러도 모를 만큼 흙에 집중하고 있었다. 흙에 뭐가 있다고 쟤는 저러나 싶었다. 있어 봐야 딱정벌레고 개미 정도겠지. 숲 선생이 된 처음엔 그런 줄만 알았다.

흙을 한 삽 퍼 올렸을 때 그 속에는 우리가 상상할 수 없을 만큼의 생물이 산다고 한다. 쥐며느리, 진드기, 노래기, 개미 등 종류도 다양하며 톡토기처럼 같은 종류의 마릿수로 따지자면 수백만 마리가 된다고 한다. 미생물의 경우는 흙 한 움큼에 지구에 사는 사람들의 숫자보다 더 엄청난 수가 살고 있단다. 주로 우리 눈에 띄는 생물이란 지렁이나 콩벌레, 노래기, 개미에 불과하지만 흙에는 이렇듯 많은 생물이 살고 있는 것이다.

흙만 파던 진욱이는 벌써부터 이 비밀을 알고 있었던 게 아닐까. 톡토기의 수를 세고 개미의 알을 살피느라 땅을 파고 이 많은 생물과 미생물들이 내는 시끌벅적한 소리를 듣느라고 내가 불러도 모르고 흙만 보고 있었던 것일 수도 있겠다. 다음에 진욱이를 만나면 내 소리를 죽이고 가만 그 옆에 앉아 봐야지. 그러면 흙 속 생명들이 내는

소리를 들을 수 있을지도 모르니까. 어쩌면 너무 시끄러
워 깜짝 놀랄지도 모르겠다.

고마로브 집게벌레 너는 좋겠다

습기 찬 곳에서 흔하게 볼 수 있는 집게벌레. 이 집게벌레만 보면 어릴 적 부엌에 있게 된다. 낮은 부뚜막에 연탄 아궁이가 있고 부엌 바닥에 수챗구멍이 있었다. 싱크대가 따로 없어서 부엌에서 설거지를 하고 목욕도 했던 시절이다. 그러니 늘 습기가 차 비누 통을 들어도 집게벌레가 나오고 양동이를 들어도 집게벌레가 우르르 기어 나왔었다. 그땐 온몸뿐만이 아니라 모세혈관까지 소름이 돋았다. 무서웠다. 징그러웠다. 너무나도 싫었다.

이 집게벌레를 숲에서 만났다. 의자 옆에서 아이들이

머리를 맞대고 놀고 있어서 가만 다가갔더니 집게벌레를 놀리고 있었다. 습기 찬 의자 아래에 있다가 아이들 눈에 띄었나 보다. 아이들이 나뭇가지로 집게벌레를 툭툭 치니 날개를 펼치며 날았다. 커다란 집게만 있을 줄 알았는데 날개가 있었다. 딱딱한 껍질 안에 보드랍고 화려한 날개가 솟아올랐다. 날카로운 가시처럼 상처만 낼 줄 알았는데 날개를 펴고 날 줄도 알았던 거다. 위기에 처하거나 놀라면 날개를 펴고 날아오른다. 나비의 날개보다 섬세하고 색깔이 화려하다. 이토록 화려한 날개가 달린 벌레라니.

나는 화가 나거나 놀라면 욕부터 나오는데 징그럽다고 취급하지 않았던 벌레는 날개를 편다. 무방비 상태에서 그 사람의 본성이 드러난다고 하는데 결국 나의 본성은 욕이었나 보다. 남몰래 감춰 둔 것이 집게벌레의 날개처럼 섬세한 것이라면 좋겠건만 내 안에 숨겨 둔 건 남이 알까 두려운 것들뿐이라 아이들을 피해 도망 다니는 집게벌레가 한없이 부러웠다.

박쥐는 억울해

몇 년 전에 일을 할 때였다. 사무실에서 두 선생님이 박쥐 같은 인간이라고 서로를 공격했다.

박쥐는 비행을 할 수 있지만 조류가 아닌 포유류다. 조류와 포유류가 싸울 때 조류가 강하면 자기도 날개가 있고 날아다니니 조류라 주장하고 육지 동물이 강하면 자기도 포유류라며 육지 동물 편에 섰다. 이렇게 조류와 포유류가 서로 싸울 때 이리 붙었다가 저리 붙었다 했다는 내용이다. 이솝우화에서는 이렇게 박쥐를 자기 잇속만 챙기는 동물로 비하했다. 심지어 우리가 맞닥뜨리는 온갖 질병의 바이러스 숙주로 박쥐가 거론된다. 이런저런 이유로 봤을 때 박쥐란 백해무익한 것도 같다.

지구에서 사라져서는 안 될 생물로 박쥐, 벌, 균류, 플랑크톤을 꼽는다. 벌은 꽃가루의 주 매개자라 사라진다면 인간은 굶어 죽을 테니 벌은 알겠는데 박쥐가 거기에 왜 꼈을까. 박쥐는 식물의 수분에도 결정적 영향을 끼치지만 곤충의 개체를 통제하는 역할도 한다고 한다. 박쥐는 생태계 개체 수를 조절해 주는데 박쥐 한 마리가 매일 밤 1~3g 정도의 해충을 먹는다고 한다. 모기의 경우 약 3,000마리를 박쥐가 먹어 주고 벼 해충도 먹기 때문에 농경지 내에 박쥐가 산다면 살충제 사용 걱정을 덜 수도 있다. 과일을 먹는 박쥐도 있는데 이 박쥐는 꿀벌처럼 꽃의 수분을 돕는다고 한다. 하나하나 열거하니 박쥐가 이렇게나 많은 역할을 하는지 놀랍다. 특히나 박쥐가 모기까지 잡아먹는다니 이 대목에서 나는 박쥐를 추앙한다. 집집마다 박쥐 한 마리씩 키우는 것도 괜찮겠다. 많은 역할 중에 모기를 잡아먹는 대목에서 내겐 박쥐가 사라져서는 안 될 생물 1위가 되었다. 이렇듯 박쥐가 사라지면 생태계 교란이 생기니 이제 욕을 할 때는 박쥐 같은 인간이라 하지 말고 이 박쥐만도 못한 인간아 해야 할 것 같다.

예전의 그 선생님들은 공격이 아니라 서로에 대한 경의를 표했던 걸 수도 있겠다. 이 박쥐처럼 유익한 인간이라니!

친구에게

　지난가을에 떨어져 흙을 덮고 있는 누렇게 바랜 은행잎을 걷어 내니 머위 꽃이 보인다. 하얀 꽃이 막 피려는 중이다. 머위는 잎과 줄기만 먹을 줄 알았다. 영화 〈리틀 포레스트〉를 보고 머위 꽃을 알았다. 영화에서는 눈 속에 피어 있었는데 눈을 살살 헤집으면 그 안에 연둣빛 꽃 몽우리가 보였다. 꽃을 따서 물에 데치고 쫑쫑 썰어서 된장과 볶았다. 볶은 머위 꽃 된장은 그대로 밥반찬도 되었고 뜨거운 물을 부으면 머위 된장국이 되었다. 그 장면이 인상적이어서 이른 봄이면 성급하게 머위 꽃을 찾아보곤 했더랬다.

2월 중순이다. 추운 지방에선 응달진 곳에 여전히 눈이 쌓여 있지만 지금은 싹이 돋는 계절이다. 개불알꽃이나 살갈퀴처럼 키가 큰 식물은 금세 눈에 띄지만 냉이는 땅에 바짝 붙어서 자라기 때문에 잘 보이지 않는다. 냉이뿐 아니라 추운 겨울을 버티기 위해 땅에 방석처럼 바짝 들러붙어서 자라는 민들레 같은 식물을 통칭하여 로제트 식물이라고 하는데 이 식물들은 덤불을 걷어 내거나 자세하게 봐야 겨우 보인다. 눈에 잘 보이지는 않지만 모두들 꽁꽁 언 땅을 견디며 열심히 노력하고 있는 것이다. 봄의 기척으로 이들이 움직이는 것이 아니라 이들의 노력으로 봄이 오는 것인지도 모르겠다. 누가 보지 않아도 싹을 틔우고 누가 알아주지 않아도 잎이 돋는다. 그러니까 어느 날 갑자기 봄이 온 것이 아니었던 것이다.

은행잎 아래쪽에서 올라오는 머위 꽃은 사나흘 더 있다가 따야 할 것 같다. 꽃 위로 나뭇잎을 살짝 덮어 주며 그동안 안부를 전하지 않은 친구들에게 미안한 마음을 전

했다.

　혼자라도 쓸쓸해하지 마. 늘 근처에 있을 거야. 보이지 않는다고 서운해하지 마. 문득 봄을 느끼는 것처럼 늘 그 자리에 있다는 걸 알게 될 거야.

↳ 머위꽃

나만의 속도

해마다 다르긴 하지만 봄꽃이 북상하는 속도, 하루 평균 22km. 단풍이 남하하는 속도, 하루 평균 24km. 벚꽃이 지는 속도, 초속 5cm. 달팽이가 걷는 속도, 1cm. 내 추억의 속도, 너를 생각하는 만큼.

식물의 몽고반점

종종 찾아 듣는 강의가 있다. 선생님은 책도 많이 읽으시지만 직접 찾아다니시며 공부를 하신다. 언젠가 숲에서 개암나무를 보셨다고 했다. 잎에 얼룩이 진 개암나무를 틀림없이 봤었는데 한참 지나고 나서 같은 곳에 갔더니 그 잎이 없더라는 것이다. 그래서 선생님은 개암나무가 자라면 잎에 있는 얼룩이 없어지는 것이 아닌가 생각하셨단다.

2002년이었다. 미국에 1년 머물렀을 때였다. 어린 딸을 둔 유학생과 알고 지냈는데 그는 딸의 문제로 미국 아동국 직원의 방문을 받았다고 했다. 어린 딸을 체벌하지 않았느냐는 것인데 어린이집에서 기저귀를 갈다가 엉덩이에 있는 푸른 멍을 보고 당국에 보고를 했던 것이다. 아시아인에겐 몽고반점이 있다는 걸 몰랐던 것일까. 20여 년 전엔 아이가 있는 이들이 종종 겪었던 일이라고 한다. 지인 역시 미국에 도착하자마자 겪은 일이라 몹시 당황했었다고 한다. 언어도 자유롭지 않은 때에 그 상황을 어떻게 설명했을까 생각만으로도 복잡해진다.

몽고반점은 색소 세포가 피부 표면 아래에서 멜라닌을 만들 때 발생한다고 한다. 빛이 입자를 통과할 때 흩어지는 틴달효과로 반점이 푸른색으로 보인다는데 멜라닌 세포의 수가 특정 색상을 결정하는 데 영향을 미친다고 한다. 세포에 얼마나 많은 멜라닌이 있는지, 반점이 진피에서 얼마나 깊은 곳에 있는지에 따라 반점의 색이 결정이 되기도 한다. 이런 요인에 의해 반점의 색은 푸른색, 회색, 검정색 등 다양한 조합으로 나타나기도 하는데 몽고반점은 보통 7세 전후로 사라지지만 사람에 따라 성인이 될 때까지 남아 있기도 한다. 한강의 소설에서도 성인이 되어서도 없어지지 않은 몽고반점이 소설의 기폭제 역할을 하고 있다. 이런 특별한 경우를 빼고는 대부분 어린아이들이 지니고 있다. 어쩌면 몽고반점은 온전한 순수함을 표식으로 나타내는 것은 아닐까.

나뭇잎의 얼룩은 어떨까. 모두가 다 그런 것은 아니지만 어린 나뭇잎은 곤충으로부터 자신을 보호하기 위해 얼룩을 만든다고 한다. 청미래 덩굴 잎도 개암나무 잎도 어릴 때에는 잎에 불그죽죽한 얼룩이 있다. 이른 봄 붉은색으로 새잎을 틔우는 식물이 많은데 이것들은 모두 '안토시아닌'이라는 붉은 색소로 강한 자외선으로부터 연한 잎을 보호하기 위해서라고 한다. 점점 자라면서 붉은빛은 사라지고 얼룩도 없어진다. 어릴 때 있다가 자라면서 사라지는 얼룩, 식물의 몽고반점이라고나 할까.

→ 개암나무잎

청미래 덩굴 ←

나의 작은 사과나무 숲

처음 실습을 나갔을 때의 일이다. 재송동에 있는 숲 체험원은 작은 계곡과 숲이 잘 어우러져 아이들이 놀기에 딱 좋은 곳이었다. 오솔길을 지나고 징검다리를 지나자 너른 터가 나왔다. 초겨울의 숲이라 나무마다 삭정이가 앙상했지만 숲으로 쏟아지는 볕은 따사로웠다. 겨울나무 가지 끝에 말라비틀어진 열매가 여러 개 매달려 있는 것이 눈에 띄었다. 숲 공부를 막 시작할 때였고 나뭇잎도 없이 열매가 말라비틀어져 있어서 어떤 나무인지 도무지 알수가 없었다. 그런데 한 아이가 가만 다가와 '작은 사과나무 숲'이라고 알려 줬다. 나무가 작은 사과나무라서 그런 이름이 붙여진 것 같지는 않았다. 그 아이만 그렇게 이름을 불렀다. 다른 아이들은 사과나무인지도 모르고 있었다. 아이가 숲에서 여기가 제일 좋다기에 어째서냐고 물었더니 그냥 좋단다. 나무 위에도 올라가고 나무를 안아 보기도 하며 나무에서 거의 떨어지지 않았다. 다른 친구들은 물을 받아서 흙을 개기도 하고 도꼬마리 씨앗 던지기 놀이도 하고 미끄럼을 타며 다양한 놀이를 즐겼지만 아이는 친구들과 놀다가도 이내 사과나무 숲으로 돌아오곤 했다.

이 아이는 여섯 살 때의 이곳 '작은 사과나무 숲'을 커서 어떻게 기억할까. 어른이 되어서도 자신의 '작은 사과나무 숲'을 잊지 않았으면 좋겠다. 살면서 고단하거나 위로가 필요할 때 유년의 이 작은 사과나무 숲이 무엇보다 큰 위안이 되지 않을까. 누구에게나 이런 '작은 사과나무 숲'이 있을 것이다. 사과나무 주위를 맴도는 아이를 보며 나의 '작은 사과나무 숲'을 생각하는 시간이기도 했다. 숲 선생을 하면서 숲에만 오면 그때 만났던 아이와 아이의 작은

사과나무 숲이 떠오른다. 숲에서 아이들을 만날 때마다
아이들이 마음에 어떤 숲을 만들고 있을지 궁금해진다.

기생에 기생하다

양산의 홍룡폭포 인근 계곡에 갔다. 바위 위에 앉아 발을 담그고 있었는데 맑은 물에 라면 가닥이 떠다녔다. 라면보다 조금 가늘었지만 누군가 라면을 끓여 먹고 흘린 것인 줄 알았다. 연가시였다. 벌떡 일어나 계곡을 빠져나왔다. 이후 물가에 가는 게 편하지 않았고 가더라도 이제 발을 담그는 일은 없다. 사마귀 안에 기생하는 연가시, 박쥐에 기생하는 박쥐이파리, 바퀴에 기생하는 기생말벌. 모든 기생충은 혐오스럽고 무섭다.

동물만 기생을 하는 건 아니다. 기생하는 식물도 있다. 가촌 유아숲체험원에서 아이들과 나비를 잡겠다고 뛰어다닐 때였다. 노란 실타래처럼 엉킨 식물을 발견했다. 처음엔 노란 꽃이 피었는 줄 알았다. 풀어놓은 실처럼 노란 줄기 식물은 근처 쑥부쟁이를 그물처럼 온통 뒤덮고 있었는데 실새삼이었다. 실새삼은 엽록소도 없고 잎도 뿌리도 없어 물도 햇빛도 필요 없다. 그저 가까운 곳에 숙주식물만 있으면 된다. 싹이 나면 눈이 없는 실새삼은 동물처럼 냄새로 먹이 식물을 찾는다. 싹은 회전을 하며 기주할 식물을 찾는데 뿌리가 없어서 3일을 넘기기 전에 서둘러 찾아야 한다. 길게 뻗어 올린 여린 싹을 허공에 휘휘 젓다가 먹이 식물이 얻어걸리면 식물을 칭칭 감아올리며 줄기를 뚫고 들어가서 체액을 빨아먹는데 체액을 빨린 기주식물은 시들어 서서히 죽게 된다. 기주식물이 죽게 되면 실새삼은 이제 땅으로 이어진 자신의 줄기를 스스로 끊어 낸다. 그런 후 새로운 기관을 만들어 살게 되는데 남을 죽이고 얻은 삶이지만 실새삼에겐 독립이 되겠다. 가히 식물계의 기생충이라 할 만하다. 이런 실새삼의 종자를 토사자라고 하는데 남녀의 성생활에 도움을 주는 성분이 풍부하다니 재미있다. 뿌리도 없는 기생식물의 씨앗이 인간의 신장을 보하고 정액의 양을 늘리며 근육과 혈관을 튼튼하게 한다니, 기주식물에겐 미안하지만 자꾸만 토사자의 효능을 검색하게 된다. 이건 뭐 기생식물에 기생하는 모양새가 아닌가.

어쩌다 숲에서

늘그막에 타 도시로 이사를 하고 무료하게 지내다가 친구의 권유로 숲 공부를 하게 되었다. 양산에서 부산까지 이동 거리가 좀 있었지만 동네에 친구 없이 지내던 터라 노느니 가 보자 싶었다. 그야말로 친구 따라 숲에 가게 된 것이다.

몇 개월의 교육과 실습을 거친 후 필기시험, 실기시험을 거치면 산림청 발행 자격증을 얻게 된다. 이렇게 자격증을 딴 숲 선생들은 식물, 곤충, 동물에까지 어느 정도 알아야 하고 다양한 놀이까지 할 수 있어야 한다. 곤충 중에서도 한 종류만 여러 해 공부를 해서 논문을 쓴 전공자가 아니기 때문에 모든 곤충, 식물, 동물을 알 수는 없다. 그래서 숲 선생들끼리 하는 말이 있다. 넓게 얕게 알아야 한다고. 넓게 얕게 아는 건 어디 쉬운 일인가. 그렇게라도 알기 위해서 관련 책을 읽고 강좌를 들으러 다니고 스터디를 한다. 숲으로 다니며 채집을 하고 관찰도 하며, 곤충의 경우는 직접 키우기도 하며 바쁘게 시간을 산다. 식물을 자세하게 관찰하는 방법으로 세밀화를 배우기도 하지만 여전히 누군가의 질문이 제일 무섭다. 이게 뭐예요? 이건 왜 그런 거예요? 숲 선생이라고 나뭇잎만 보고 이름을 다 안다고 생각한다면 그건 참으로 큰 오해다.

미국에서 2년 동안 살다가 오니 많은 사람이 영어를 잘할 거라 생각한다. 오해다. 나는 미국에서 유학을 한 게 아니고 가족을 따라갔다. 아이들 학교 보내고 거의 집에만 있었다. 영어가 모국어가 아닌 사람들이 모여 커뮤니티 센터에서 영어 공부를 했는데 다들 영어가 서툴다 보니 손짓과 표정으로 의미를 읽고 의사소통을 했다. 말로 정확한 표현을 해야 영어가 늘었을 텐데 눈치만 먼저 늘어서 언어표현은 늘 뒷전이었다. 터키, 콜롬비아, 우루과이, 일본, 중국 등 다양한 나라에서 온 우리끼리는 고향과 꿈에 대해서도 이야기를 했는데 서로 고개 끄덕이며 꿈을 응원하기도 했었다. 함께 밥을 먹고 차를 마시며 소통하는 듯했지만 지금도 난 우리가 똑같이 이해했다고는 생각하지 않는다. 말로 전해지지 않는 감정은 얼마쯤은 자신의 생각으로 받아들이고 해석하게 되기 마련이니까. 영어는 더디 늘었지만 조금씩 나아졌다.

숲에서의 나는 오래전 미국에서의 나와 몹시 닮았다. 영어가 서툴러 주문을 하려고 줄을 서면 심장이 터질 듯 뛰었다. 숲에서의 나도 그렇다. 내가 하는 말은 모두가 '카더라'다. 어디에서 읽었고 어디에서 들었고 누군가에게 배운 것이기 때문에 뭐든 말하기에 조심스럽다. 관찰을 한다고 해도 그 처음은 어딘가에서 배운 것을 기본으로 하기 때문에 관찰대상에 선입견이 없을 수가 없다. 그럼에도 함께 공부했던 숲 선생님들과 서로의 경험을 나누고 관찰을 공유하며 궁금한 것은 논문을 찾아보며 조금씩 성장하고 있다. 그러니 숲 선생이라고 다 알 거란 오해는 말 았으면 한다. 물어보는 건 좋지만 숲 선생이 다 알거란 기 대는 말았으면 그보다 고마운 일이 없겠다. 그런 중에 위 안이라면 영어보다는 숲이 훨씬 더 재밌다는 것이다. 얼 마나 다행인가.

옥수수의 비밀

더위를 많이 타서 여름을 싫어하지만 그럼에도 여름을 기다리는 건 옥수수가 있어서다. 여름철 최고의 군것질거리. 길을 가다가도 설설 김이 오르는 옥수수 찌는 모습을 보면 땀을 뻘뻘 흘리면서도 뜨거운 옥수수 한 자루를 손에 쥐게 된다. 그런데 이 옥수수를 먹다가 보면 하얀 옥수수 알갱이 안에 노란 옥수수 알갱이가 드문드문 박혀 있는 걸 보게 된다. 마치 금니를 해 넣은 듯 눈에 확 띈다. 뿐만 아니라 커다란 몸에 난 사마귀처럼 까맣거나 붉은색의 알갱이가 점점이 박힌 것도 자주 볼 수 있다. 처음엔 노란 옥수수나 하얀 옥수수, 까만 옥수수처럼 종자가 따로 있는 줄 알았다. 아니면 바람에 까만 옥수수의 꽃가루가 노란 옥수수에 수분이 되어 그 부분만 까만 알갱이가 생긴 건 아닐까 상상하며 옥수수를 먹었더랬다.

이러한 특이한 색깔의 옥수수는 살아서 움직이는 '트랜스포존'이라는 유전자 때문이라고 한다. 트랜스포존은 점프하듯 다른 곳으로 이동하기 때문에 점핑 유전자라고 부르기도 하는데 트랜스포존은 원래 있던 유전자의 유전정보를 변화시키는 작용을 하게 되고 유전정보가 변화하면 돌연변이가 나타나게 된다고 한다. 해서 옥수수의 색깔이 바뀌게 되는 것이라는데 유전자라면 나를 닮은 아이를 낳는 정도로만 알고 있는 내게 유전자가 이리저리 움직인다는 말은 너무나도 생소하고 어렵다.

온통 하얗거나 노란 옥수수에 드문드문 박힌 색깔이 어떤 파격처럼 재밌다. 점핑한 유전자가 만들어 낸 옥수수 알갱이가 내 안으로도 점핑해서 지금보다 조금 더 바람직한 인간으로 돌연변이화하면 좋겠다는 생각을 하며 거뭇한 옥수수 알갱이 하나를 앞니로 떼어 내어 꼭꼭 씹어 본다.

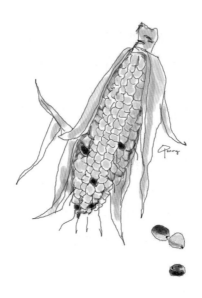

가시고기 암컷아 니 맘 내가 안다

몇 년 전에 잇몸에 점이 하나 생겼다. 누군가가 병의 징조일 수 있다고 귀띔을 했다. 정말 나쁜 것인가 싶어서 치과에 갔더니 단순한 점이라고 했다. 건강상의 문제가 아니라고 하니 그제야 미용에 신경이 쓰였다. 점이 생긴 부위가 아랫니 정 가운데라서 입을 다물기 전에는 고스란히 드러난다. 내 눈에만 보이지 않을 뿐이다. 가족조차도 이에 김이 붙었다느니 음식물이 꼈다느니 하면서 밥을 먹고 나면 거울 좀 보라고 했다. 어떤 사람은 치석이 생긴 거 같다고 치과에 가라고까지 했는데 이렇게 말하는 사람은 오히려 고맙다. 누가 물어보면 점이라고 말하면 되겠지만 난감한 것은 속으로만 칠칠찮게 생각하는 이들이 더 많다는 것이다. 그렇다고 새로 만나는 사람마다 매번 잇몸을 내보이며 이거 치석 아니고 점이에요 할 수도 없는 노릇이고.

나의 이런 고민은 가시고기 암컷에 비하면 아무것도 아니다. 가시고기의 부성애만 부각되다 보니 암컷의 모성애는 온데간데없다. 가시고기 수컷은 암컷이 알을 낳고 가버리면 알이 부화할 때까지 아무것도 먹지 않으면서 지느러미를 흔들어 알에 산소를 공급한다. 그러는 중에 알을 먹으려 호시탐탐 노리는 물고기와 싸우기도 하는데 알이 부화하기 시작하면 자신의 몸을 새끼의 먹이로 내어 준다. 수컷이 알이 부화하는 10여 일 동안 치열하게 새끼를 지킬 때 암컷은 알을 수컷에게 모두 맡기고 집을 나간 매정한 어미가 되었다. 암컷은 자유롭게 훨훨 날아갔을까.

암컷은 알을 낳자마자 알을 낳은 자리에서부터 아주 멀리 간다고 한다. 알을 낳을 때 몸에서 분비되는 냄새로 다른 물고기들이 알을 낳은 것을 눈치채고 몰려들까 봐서 되도록 멀리 간다는 것이다. 알을 낳자마자 죽을힘을 다해 멀리 간 후 힘이 다한 그곳에서 죽음을 맞는다고 하는데 이처럼 외로운 죽음이 또 있을까. 알을 키우다가 결국엔 새끼의 먹이가 되는 부성애도 처절하지만 알을 위해 멀리까지 가서 죽음을 맞는 가시고기의 모성애도 절절하다.

뭐든 쉽게 지레짐작하고 속단하는 나를 경계하고자 몸은 내게 이런 점 하나를 만들었나 보다. 어떠한 것을 두고 함부로 성급해질 때마다 내 잇몸의 점을 떠올린다.

어떻게든

숲

그랬으면 좋겠네

숲에서 아이들과 지낼 때 아이들 뒤에 가서 서 있길 좋아한다. 좋아한다기보다는 어느새 보면 아이들 뒤에 내가 있다. 아이들이 숲에 오면 어떤 놀이를 하는지 궁금해하는 분들이 많다. 숲 놀이라고 해야 별거 없다. 아이들은 개미를 쫓거나 콩벌레 한 마리를 두고 장난을 치거나 한다. 나뭇가지로 땅을 파고 썩은 나무 아래서 곤충을 찾기도 하고 나무둥치를 건너뛰기도 한다. 누가 뭐라 하지 않아도 제 성향대로 또 체력에 맞게 노는데 그게 놀이다. 아이들이 뭘 하고 놀고 있는지는 가늠하기 힘들다. 늘 예상을 깨기 때문이다. 그날도 삼삼오오 쪼그리고 앉아서 머리를 맞대고 있기에 달려갔다. 아이들 손등에 지렁이가 척척 걸쳐져 있었다. 누구의 지렁이가 더 긴가 견주고 있던 중이었다. 아직 관찰 중인 애벌레조차도 만지지 못하는 내겐 충격적인 장면이 아닐 수 없었다. 그러니 어떻게 아이들이 모여 있는 곳을 외면할 수 있겠나. 아이들 뒤에서 허리를 숙이고 내려다보다가 벌떡 일어나는 아이들 머리에 턱을 부딪치기도 하지만 매번 그걸 잊고 아이들이 모여 있으면 뭔데 뭔데 하는 마음으로 달려가곤 한다. 아이들을 따라하려면 몸을 낮춰야 한다. 개미 한 마리를 보기 위해서도 허리를 깊이 숙여야 하고 풀꽃 하나 보기 위해서도 무릎을 꿇어야 아이들처럼 자세하게 볼 수 있다.

찰스 두히그는 그의 책《습관의 힘》에서 일상에서 취하는 행동의 40%가 습관에 의해 결정된다고 했다. 자기만의 방식, 속도가 반복되면 우린 그것을 두고 습관이라고 말한다. 살아 있는 동안은 어제, 오늘 그리고 내일이 반복된다. 소소하게 다르기는 하겠으나 찰스 두히그의 말처럼 일상의 절반 가까이가 반복일 것이다. 그렇다면 기왕이면 내

삶의 방식은 허리를 굽히고 자주 무릎을 꿇는 것이었으면 좋겠다. 가만 들여다봐야 하는 것들을 찾아보고, 오래 봐야 보이는 것들을 바라보며 삶의 속도를 조절하는 습관을 들이고 싶다. 그곳이 숲이든 강이든 무슨 상관이랴.

마음조차 낮아지다

할미꽃이 피었습니다.
허리를 숙여 바라보았습니다.
제비꽃이 피었습니다.
무릎을 굽히고 바라보았습니다.
애기똥풀이 노랗게 피었습니다.
고개를 숙여 바라보았습니다.
제 생을 열심히 사는 것만으로도
몸을 낮추게 하는 것들이 있습니다.

탄소중립이 뭔가요?

작은딸은 어릴 때부터 환경에 유독 관심이 많았다. 유치원에 다닐 때부터 에어컨을 켜면 지구가 아프다며 끄라고 하고 머리를 감길 때 샴푸를 쓰면 비누로 해 달라고 했다. 그러니 린스는 생각도 못 할 지경이었다. 지구를 사랑하지만 생활의 편리를 더 좋아했던 나에게 작은딸은 힘들었다. 해서 비누로 머리를 감아 뻣뻣해진 머리카락 빗질을 할 때 일부러 따갑게 했다. 그러면 린스를 쓰자고 할까 싶었더니 딸은 오히려 식초로 헹궈 달라고 했다. 도대체 유치원에서 이런 것까지 알려 주다니, 유치원을 원망하기에 이르렀다. 딸은 크면서 더운 날 에어컨을 켜긴 했지만 환경을 지키지 못하고 있다며 몹시 괴로워했다. 더위는 현실이고 지구는 현실보다 조금 뒤에 있었기 때문일 테다. 이런 유별난 지구 사랑은 대학생이 되어서도 계속되었다. 그래서 딸을 아는 사람들이 '지구수비대'라는 별명을 지어 주었고 오래 알고 지낸 사람들은 딸이 두 아이의 엄마가 된 지금도 지구수비대로 부르고 있다.

샴푸 대신에 비누를, 린스 대신에 식초를 쓰자고 했던 환경 운동으로부터 30여 년이 지났고 그동안 지구온난화는 가속이 되어 '탄소중립'이란 말이 생겼다. '탄소중립', 지구 환경을 생각하는 키워드다. 탄소란 말도 쉽게 접하는 말이 아니고 중립이란 말도 일상에서 쓰는 단어는 아니라서 이 둘의 조합은 낯설고도 어렵다. 과학이나 화학 시간에나 들어 봄직한 탄소중립. 이 탄소중립과 숲이 어떤 연관이 있기에 산림청에선 유아들이 노는 숲 놀이에까지 다소 무거운 이 단어를 올려 둔 것일까.

탄소중립이란 이산화탄소를 배출하는 양만큼 다시 이

산화탄소를 포집해서 실질적 배출량을 제로로 만드는 것을 의미한다. 탄소를 포집하는 건 보다 전문적이고 복잡한 기술을 요하는 부분이라 내가 아이들과 함께 이야기할 때는 탄소를 발생시키는 것을 줄이거나 탄소 발생량만큼 산소를 만드는 것 정도다. 탄소9 - 산소9 = 탄소0. 이렇게 설명하고 있다.

대중교통을 이용한다, 일회용품을 줄인다, 나무를 심는다, 재활용을 한다. 탄소를 줄이는 방법을 물어보면 많이 나오는 대답이다. 맞는 말이다. 탄소를 줄이는 방법으로 숲에서 노는 것이란 말에 사람들이 의아해한다. 숲에서 노는 것과 탄소랑 무슨 연관이 있는 것일까. 간단하다. 숲에서 노는 동안은 컴퓨터를 하지 않는다. 방에 불을 켜지 않아도 된다, 냉장고 문을 열지 않는다. 집에서 하는 것들을 숲에 있는 동안은 하지 않으니 실질적으로 숲에서 노는 동안은 자신도 모르는 사이에 탄소 발생을 줄이고 있는 것이겠다. 쉽다. 탄소중립의 방법은 보다 과학적이고 고도의 기술을 필요로 하지만 결국 탄소의 발생을 줄이는 것이 목표이니 숲에서 시간을 보내는 건 우리가 할 수 있는 가장 쉽고 간단한 방법일 것이다.

여전히 지구수비대 딸은 환경을 생각하고 실천하고 있느냐고? 날마다 아파트 현관에 택배 물건이 쌓이는 걸 보면 그런 기 같진 않다. 재활용을 아주 꼼꼼하게 하는 걸 보면 환경운동에서 아주 멀어진 거 같지도 않다. 그래도 지구수비대란 별명에 걸맞게 사는 거 같진 않다. 여전히 소소한 욕망은 현실이고 지구 환경은 한 뼘 뒤에 있어서 일 거다. 이런 딸을 숲으로 가게 해야 하는데 숲에 갈 생각은 또 없는 거 같다.

누구라도 지구수비대가 되고 싶다면
그대, 숲으로 오라.

지금은 뿌리 내리는 중

봄이다. 마당이 가장 예쁠 때다. 이즈음엔 거의 대부분의 시간을 마당에서 서성이며 지낸다. 초봄인데도 벌써 마당은 빈틈이 없다. 처음 집을 짓고 이사하고는 빈 땅을 두고 볼 수가 없었다. 이것저것 질서 없이 사다 심은 나무로 봄만 되어도 마당은 정글이 된다. 수양벚나무, 능수복숭아, 왕벚나무, 단풍나무, 동백, 감나무, 대추나무, 라일락, 살구나무, 황매화, 홍매화에서 화분에 심은 오죽, 자목련. 키 작은 식물로는 수국, 소나무, 홍가시. 더 키가 작은 식물들은 말하지 않기로 한다. 그런데 이런 식물들이 한 그루씩만 있겠나. 라일락은 세 그루, 대추나무 두 그루, 능수복숭아 두 그루, 왕벚나무 세 그루, 그리고 수양벚나무는 네 그루에 이른다. 이쯤 되면 우리 마당이 한 백 평은 족히 될 거라 짐작하겠지만 집 뒤쪽과 옆쪽을 빼고 앞마당만 30평이 될까 말까다. 많이 양보해서 식물을 2/3쯤 덜어 내면 마당이 좀 편안해 보일 것 같다.

처음 나무를 식재할 때의 일이다. 나무를 심고는 거침없이 가지를 잘라 냈다. 식물을 전지할 때는 잔인할 정도로 해야 한다. 그래야 가지로 갈 영양분이 뿌리로 가서 뿌리가 땅에 빨리 안착을 한다는 건데 머리로는 이해가 가지만 나무의 절반을 잘라 내는 걸 보니 가슴이 선득선득했다. 그렇게까지나 잘라야 하느냐고 말렸지만 조경사는 가차 없이 잘라 냈다.

저 단단한 나무를 뚫고 꽃이 피긴 필까 싶었지만 몸의 절반이 잘린 나무들, 봄이 오니 굵은 수피를 뚫고 꽃이 피고 피고 또 피고 있다. 오죽의 경우도 그랬다. 무슨 까닭이었을까. 옮겨 심고는 시들시들 죽어 갔다. 죽은 줄 알고

108

회초리 같은 가지가 성가셔서 바짝 다 잘랐던 분에서 새순이 올라왔다. 혹시나, 행여나 하는 마음에 잘라 내지 않고 그냥 두었던 분은 말라비틀어진 잎을 달고 여전히 감감무소식이다. 마른 잎과 잔가지를 잘라 줬더라면 뿌리에서 새순이 돋았을까, 못내 아쉽다. 아깝더라도 잘라 내야 할 때는 잘라야 하는 것을 너무 미련을 두었던 것 같다.

어쨌든 식물도 뿌리가 단단해야 싹이 돋고 꽃이 피고 열매를 맺는다. 해서 뿌리를 위해서라면 한 해 꽃도 열매도 포기해야 한다. 이게 어디 식물들만의 일이겠나. 당장에 결과물이 보이지 않아도 아직은 뿌리를 내리는 중이라고, 남보다 많이 속도가 느리더라도 지금 제대로 살고 있단 표시라고, 그렇게 생각하기로 한다.

제대로 뭘 키워 보지 않았을 때는 허투루 봤던 잎과 꽃. 보기엔 하늘하늘 연해 보이지만 얼마나 많은 것들을 버티고 견뎌 내어 지금일까.

미연이

여섯 살 때 서울로 올라온 후 국민학교 5학년 2학기 때 명륜동으로 이사하기 전까지 내가 살았던 곳은 서울의 변두리였다. 변두리 중에서도 산동네로 올라가는 중간 어디쯤에서 살았는데 솔직히 그 기억을 자신할 수는 없다. 그저 학교를 가려면 우리 동네에서 내려와 부잣집을 지났다는 것만 생생하달까. 그저 고만고만한 집들 가운데 그 집은 어린 눈에도 커 보였다. 담이 높아 안을 볼 수는 없었지만 짙푸른 철 대문만으로도 그 집의 크기를 가늠할 수 있었다. 집을 나서서 내리막을 지나면 예의 그 부잣집을 지나게 되는데 그 집 앞을 지날 때면 나도 모르게 온몸에 힘이 들어갔다. 집을 바라보고 싶은 마음과 바라보는 걸 들키기 싫은 마음의 다툼이랄까. 그리하여 얼굴은 정면을 보고 걷고 있지만 눈은 그 집 대문을 향하곤 했다.

그 아이 이름은 '미연'이었다. 어떤 때는 그 집 앞을 지나기 전에 대문이 열리기도 했고 또 어떤 때는 내가 지나치고 나서 문 열리는 소리가 나기도 했다. 내 앞에서 대문이 열리면 걸음을 늦췄고 걸음을 늦추기에 너무 늦었다 싶으면 뒤를 돌아 누군가를 기다리는 시늉을 하기도 했었다. 순전히 '미연'이 때문이었다. 미연이랑 마주치고 싶지 않았다. 더구나 우리 동네에서 내려오는 길에 미연이를 마주치는 건 어쩐 일인지 부끄럽고 싸움도 하지 않았는데 진 거 같았고 꼭 숨겨야만 할 비밀을 들킨 것 같았다. 특히 동생이랑 큰 소리로 떠드는 걸 들킨 날에는 동생까지 '꼴'도 보기 싫었더랬다. 동생이 꼴 보기 싫었다고는 하나 오빠가 멀리에 있는 미연이를 큰 소리로 불러 세우는 것보다야 할까. 그럴 때는 오빠도 동생도 나와는 아무 상관이 없는 남남이었으면 좋겠단 생각을 했었다.

엄마는 왜 아이를 셋이나 낳았을까. 오빠야 그렇다 해도 동생까지 낳을 건 뭐람. 아이를 셋이나 낳은 엄마가 미련하다는, 하다 하다 별 그런 생각까지 하기에 이르렀다. 미연이와 같은 반을 한 적이 있었는데 그때 앞뒤로 앉았었다. 점심때가 되면 미연이와 늘 같이 밥을 먹었다. 나랑 친하지 않았는데도 미연인 점심시간만 되면 뒤돌아서 내 책상 위에 도시락을 꺼냈다. 미연이 도시락 반찬은 아름다웠다. 뱅어포 조림, 멸치조림, 고기 장조림, 그땐 그게 뭔지 몰랐는데 어른이 되어서야 알았던 오이피클. 진주햄 소시지가 친구들에게 제일 인기였지만 내겐 뭐니 뭐니 해도 계란말이였다. 점심때가 되면 반 아이들이 내 책상 주위로 모여들었다. 미연이 도시락 때문이었다. 미연이는 제 마음에 드는 아이들에게 반찬을 하나씩 나눠 주곤 했는데 그 대상은 늘 달랐다. 내 책상에 도시락을 폈던 까닭인지 내겐 자주 반찬을 나눠 주곤 했는데 주로 진주햄 소시지에 계란을 입혀 지진 것이거나 계란말이였다. 그러니까 주로 아이들에게 제일 인기 있는 것들이었다. 난 미연이의 계란말이를 단 한 번도 먹지 않았다. 싫어하냐고? 그 시절 계란말이 싫어할 아이가 있었겠나. 지금도 좋아하는

113

반찬 중의 하나가 계란말이다. 왜 그랬을까.

미연이가 내 도시락 위에 계란말이 하나를 올려 주면 난 다시 집어 미연이의 반찬통에 넣었다. 난 계란말이 안 좋아해, 하면서. 아마 그 말을 할 때 난 벌벌 떨었을 것이다. 그렇게 새빨간 거짓말을 하기엔 난 아직 어렸으니까. 모른다. 나 이거 먹고 싶어 죽겠어 하면서 반찬통에 넣었던 건지도. 늘 김치볶음이나 오이소박이, 엄마가 아주 기분이 좋으면 김치랑 어묵을 함께 넣어 볶거나 순수한 어묵볶음은 아버지 월급봉투를 받아 든 직후거나 그랬다. 그런 내게 잡지책 광고에서나 보는 진주햄 분홍 소시지는 어떤 경계 너머의 것이었다. 그럼에도 미연이가 건네주던 그 소시지 한 쪽 먹은 기억이 없다. 자존심 때문이었느냐고? 그럴 리가. 그때 난 자존심이 뭔지도 몰랐다. 질투했느냐고? 질투란 뭐 어느 정도 상대가 돼야 하는 거 아닌가. 난 그럴 만한 아이가 아니었다. 뭐 조금이라도 비슷한 게 있어야 말이지. 나와 미연인 그럴 수 있는 관계가 아니었다.

미연인 아주 하얬다. 또 아주아주 예뻤다. 그리고 미연인 춤을 아주아주아주 잘 췄다. 학교에 무슨 행사가 있으면 미연인 앞에 나가서 춤을 췄다. 새 학기에도 높은 단상에서 홀로 춤을 췄다. 방학식을 할 때도 홀로 춤을 췄다. 교장 선생님만 올라가는 그 높은 단상에 한복을 입고 족두리를 쓴 채 서 있는 미연인 나와 같은 사람이 아니었다. 어떤 날은 부채를 들었고 어떤 날은 두 손에 흰 수건을 휘감고 선녀처럼 너울너울 춤을 췄다. 그렇게 하늘로 올라갈 듯 미연은 새처럼 어여뻤다. 난 운동장의 수많은 아이들처럼 그런 미연일 바라보았다. 아니, 우러러 보았다. 아마 그 순간의 내 감정은 흠숭이 아니었을까. 한복을 입고 춤을 추는 미연이도 예뻤지만 양 갈래머리를 땋은 미연이도 예뻤다. 엄마들만 하는 퍼머를 한 긴 머리의 미연이도 예뻤고 우유에 '빨대'를 한 움큼 꽂아서 먹는 미연이도 예뻤다. 무엇을 해도 예뻤고 어떻게 해도 예뻤다. 미연이니까.

내 눈에만 예뻤던 것도 아니었다. 선생님들도 모두 예뻐해서 수업시간에 엎드려 있어도 야단하지 않았고 지각을 해도 어디 아팠느냐고 오히려 걱정을 했고 미연이 시험지엔 틀려도 빨간 색연필로 빗금을 긋지 않았다. 복도에 꿇어앉아 바닥에 모두 왁스 칠을 할 때에도 교실에서 선생님이랑 웃고 있었고 책상을 뒤로 밀고 청소를 할 때는 먼지가 난다고 미연일 복도로 데리고 나갔다. 그렇다. 100점을 받아야 하는 건, 양동이에 물을 길어 물청소를 해야 하는 건, 춤을 출 줄도, 하얗지도, 예쁘지도 않은 나 같은 아이들이나 해야 하는 거니까.

언젠가 미연이가 도시락을 가지고 오지 않아 미연이 엄마가 가지고 온 적이 있었다. 우리가 도시락을 절반쯤 먹었을 때 미연이 엄마가 도착을 했는데 미연이는 늦게 왔다며 제 엄마에게 온갖 패악을 부렸다. 엄마가 미안하다고 사정을 하더라만 미연인 끝끝내 도시락을 받아 들지 않더니 미연이 엄마가 억지로 손에 들려 주자 그만 바닥에 패대기를 쳤다. 지퍼를 열면 둥글고 따뜻한 도시락이 들어 있던 어찌 보아도 어여쁜 도시락을, 바라만 보아도 배가 부른 그 도시락을 조금의 망설임도 없이 던져 버리는 미연이도 대단했고 그럼에도 그런 미연이를 달래는 미연이 엄마는 굉장했다. 세상엔 저런 엄마도 있다는 것도 그때 알았다. 우리 엄마 같으면 엄마가 실수로 내 앞머리를 정수리까지 민머리로 밀었더래도 엄마에게 소리 지르고 째려보면 내 등짝을 사정없이 '후려갈기고' 그래도 분이 풀리지 않아 정수리에서 뒤통수까지 마저 밀었을 것이다. 엄마가 비록 쉬어 터진 밥을 내게 줬다 할지라도 내가 밥그릇을 던지면 석 달 열흘, 날 굶겼을 것이다. 엄마에게 화를 낸다는 건 내겐 그래도 '싸다'였으니까.

동네 사람들이 미연이네를 '부잣집'이라고 불렀고 미연인 부잣집 무남독녀로 불렸다. 무남독녀가 무슨 뜻인지도 모르며 우린 미연인 무남독녀래, 했다. 셋도 둘도 아닌 하나, '무남독녀' 얼마나 귀하고 있어 보이는 말인가. 나처럼 이남 일녀가 아닌 그 고귀한 말 '무남독녀'. 미연이를 수식하는 이 모든 것들보다도 미연이가 내게 그토록이나 특별했던 것은 미연이네 집 대문이 열리면 보이는 마당의 잔디 때문이었을 것이다. 비가 오면 발이 푹푹 빠지고 지렁이가 기어 나오는 흙이 아니라 반짝이는 짙은 초록의 잔디. 쳐다보는 걸 들키지 않으려고 안간힘을 쓰지만 기어코 얼굴은 잔디 쪽으로 향하고 그 짧은 순간, 애석하게도 대문은 금세 닫혔다.

미연이네 집 앞을 지날 때면 골목의 사위를 살펴보고 오가는 사람이 아무도 없으면 엉덩이를 들고 엎드려 대문 밑으로 보이는 잔디가 깔린 마당을 들여다보곤 했다. 그렇게 보는 마당이라서 그랬을까, 대문 틈으로 보이는 초록색은 나무나 풀, 식물의 색이 아니라 다른 세계로 이어지는 공간 같았다. 그 마당이 궁금했고 그런 마당에 한 번 살아 보고 싶었다. 나도 미연이처럼. 미연이처럼 하얗지도 않고 미연이처럼 예쁘지도 않고 머리카락도 짧고 춤도 출 줄 모르지만 잔디가 깔린 그런 마당에서 잠시라도 살아 보고 싶었다.

아무리 찬찬히 바라봐도 아버지나 엄마가 미연이네처럼 부자가 될 거 같진 않았다. 미연이네처럼 되기엔 엄마는 내게 너무 큰 소리로 야단치고 소리치고 때렸으니까. 미연이네 엄마가 되기에 우리 엄만 너무나도 거칠고 거대했고 무서운 엄마였다.

"아버지, 아버진 언제 부자 돼?"

그저 아버지께만 살짝 물어봤었는데 큰 기대는 없었다. 그건 아버지와는 관계가 없었다. 왜냐면 미연이는 아버지가 없었으니까.

그러니까 미연인 내게 로망이고 욕망이었던 셈이다. 잔디가 깔린 마당 역시 내게 그랬다. 미연이에게 다다를 수 없었던 나처럼 잔디가 깔린 마당 역시 내게 그러했다. 그때부터였던 거 같다. 부자들은 잔디가 깔린 마당에 산다고 믿게 되었던 건. 잔디가 깔린 마당은 성공의 상징이고 꿈의 실현으로 읽혔다. 또한 다다를 수 없는 세계였다. 그래서 '언젠가 형편이 되면' 주택에 살겠노라, 잔디를 깔고 담장엔 울타리 장미를 심겠노라고 꿈을 꿨다. 입 밖에 내지 않은 꿈은 속으로만 컸고 여물었다. 꿈은 이루어지지 않아 꿈이라 믿었던 것일까, 잔디 깔린 마당에 살지 못하면서도 그다지 애통하진 않았다.

몇 해 있으면 손주가 미연이 나이가 될 그런 나이에 이르렀다. 이젠 주택이 아파트 반값에도 미치지 못하는 시절. 그래서 나 같은 사람도 주택에 살 수 있게 되었겠지.

드디어 마당이 생겼고 잔디를 깔 수 있게 되었지만 집을 설계하는 동안 마당에 잔디를 깔 생각은 없었다. 산티아고 순례길을 걸으면서 겪어야 했던 베드버그. 들쥐가 옮긴다는 쯔쯔가무시도 잔디에 풀석풀석 앉아서 옮는다고 하기에 한때의 꿈이었던 잔디는 이제 피해야 할 무엇이 되어 버렸다. 그래서 그냥 디딤석으로 현무암을 깔고 그 사이사이를 마사토로 채울 생각이었다. 그런데 집 구경을 다니다가 보니 잔디가 깔린 집이 단정하고 집 전체에 생기가 있어 보이고 무엇보다 집이 '있어' 보였다. 내가 부자라면 겨우 이런 것으로 '있어' 보이는 것에 휘둘리는 일 따윈 없었을 텐데 잔디를 외면하기엔 내가 부자가 아니라선지 어쩐지 초라하게 느껴지는 내 마당에 잔디를 깔기로 했다.

인부들을 도와 함께 디딤석을 놓고 잔디를 깔았다. 이젠 아닌 줄 알았는데 추억 속의 잔디는 여전히 힘이 셌다. 별똥별이 떨어지는 그 순간 같은 찰나, 정말 부자가 된 듯한 기분에 몰래 웃었다. 호미로 흙을 긁어내고 잔디를 심는 내내 미연이 생각을 했다. 그 후 미연인 잘 살았고 잘 살고 있다고 믿으며 잔디가 호명한 내 어린 한 시절의 추억을 다독인다.

그날 다람쥐를 만나지 않았더라면

난 운전을 하지 못한다. 면허증은 있다. 운전을 못하지만 한 번도 하지 않았던 것은 아니다. 오래전 미국에 잠시 머물 때는 운전을 했었다. 내가 살았던 곳은 옥수수와 콩밭이 대부분인 한적한 곳으로 도로는 넓고 차들은 많지 않은 곳이었다. 어디든 차 세우는 곳이 주차장일 정도로 주차장도 넓었다. 아이들 하교에 맞춰서 학교를 가는 길이었는데 도로 한가운데에 다람쥐가 네 발을 쩍 벌리고 버티고 서서 나를 향해 돌진할 기세로 노려보고 있었다. 살던 곳의 다람쥐는 그동안 내가 알던 그 다람쥐가 아니었다. 그야말로 고양이만 했다. 나무가 많고 커서 주택의 창 가까이에 나뭇가지가 닿을 때도 있었다. 그 나뭇가지를 타고 다람쥐가 집으로 들어와 온 집 안을 헤집어 놔서 곳곳에 다람쥐를 조심하라는 문구가 있을 정도였다. 도로를 건너다가 다람쥐 서도 놀랬겠지. 아무리 덩치가 크다지만 차를 들이받으려고 그러고야 있었겠나. 어쨌거나 그대로 돌진하지 못하고 다람쥐의 기세에 밀려 핸들을 인도 쪽으로 꺾고야 말았다. 차도와 인도의 턱이 낮긴 했으나 차가 인도로 올라가며 내는 소란은 컸고 교차로 양쪽에서 차들이 한동안 그대로 멈춰 있었다. 시간이 좀 지나자 사방에서 사람들이 나와서 나의 안위를 살폈다. 영어가 짧은 나에게는 그들이 사고보다 더 무서웠다. 다람쥐와 운전과 영어는 그 이후로 내게 제일 무서운 무엇이 되었다.

내가 아는 다람쥐는 줄무늬가 있는 다람쥐와 시커먼 청설모였다. 갈색의 줄무늬를 지닌 다람쥐가 도토리를 먹고 있는 모습은 내가 생각하는 다람쥐의 전형적인 모습이다. 그런데 이 다람쥐가 도토리만 먹는 건 아니라고 한다. 다람쥐는 잡식성으로 온갖 잡다한 것을 다 먹고 육식도

하는데 정말 놀라운 것은 동족을 잡아먹기도 한다는 것이다. 다람쥐 때문에 사고가 났다고 하는 말이 절대 아니다. 그래도 그 작고 귀여운 다람쥐가 같은 다람쥐를 잡아먹는다고 의구심이 들 때는 다람쥐도 결국은 쥐라는 것을 떠올린다. 생쥐에 날개가 달리면 박쥐고 쥐의 꼬리에 털이 많으면 다람쥐다. 쥐처럼 생활하고 쥐처럼 다 먹는다고한다. 다시 한번 말하지만 다람쥐에 억하심정이 있어서 하는 말이 절대 아니다.

그때 도로 한가운데서 만난 다람쥐가 아니었다면, 해서 인도로 차가 올라가는 사고가 없었다면 지금 나도 운전을 하고 있을까? 그때 그 다람쥐만 아니었다면 정말 그럴 수 있었을까? 세상에 누구 때문은 없다는 것을 잘 알지만 그래도 차가 없어서 싫어도 누군가의 신세를 져야 할 때가 되면 그때 그 다람쥐가 생각난다.

남 원망하다가

탱자나무 가시 길고 날카로워도
하얀 탱자 꽃 찢기지 않던걸.
생선가시 가늘고 많지만
어느 것 하나도 제 살은 찌르지 않던걸.
공연히 남의 꽃 꺾으려다 손가락 찔리고
남의 살 삼키려다 가시가 걸렸으면서
가시가 많다, 날카롭다 말이 많지.
그게 어디 가시 탓이라고.
내게야 가시지 그들에겐 몸이고 뼈인 것을

다람쥐가 그리는 꿈

숲 공부를 하면서 처음 배웠던 것이 상수리나무는 어떻게 씨앗을 퍼트리느냐에 대한 놀이였다. 가을날 도토리가 지천일 때 다람쥐는 땅에 도토리를 묻는다. 그건 일종의 적금일 테다. 그런데 여기저기 숨기다가 보니 어디에 숨겼는지 잊는다는 것이다. 숲 선생들은 다람쥐의 이런 행동이 상수리나무 숲을 만드는 일등 공신임을 놀이를 통해 아이들이 알게 한다. 이렇게 숨긴 도토리는 다람쥐가 찾아 먹이로 삼기도 하지만 잊혀 땅에 남아 있는 것은 싹을 틔우고 뿌리를 내려 아름드리 한 그루 상수리나무가 되기도 한다. 상수리나무가 한 그루 두 그루 자라서 드디어 숲을 이루게 되는 것인데 다람쥐는 정말 도토리 숨긴 것을 잊은 것일까. 아니면 이렇듯 상수리 숲을 이루어서 넉넉한 먹거리를 해결하려는 다람쥐의 큰 그림이었을까. 모를 일이다.

누구나 꿈은 있지만 그 꿈을 지탱하기란 쉬운 일이 아니다. 꿈이란 사는데 당장 아쉬운 것도 아니고 그것을 지탱하는 일은 일상을 살아 내는 것보다 더 힘겨울 때가 있다. 그럼에도 그토록 꿈을 간직하라는 것엔 분명 이유가 있을 것이다. 꾸지 않아도 괜찮지만 꿈을 꾸지 않으면 이루어질 일이 없기 때문이다. 꿈을 지니고 있으면 우리도 모르는 사이 꿈은 뿌리도 내리고 싹도 틀을 수 있다고 믿는다. 마치 다람쥐가 숨기고 찾지 못한 도토리처럼. 도토리를 숨기지 않았다면 틔우지 않았을 싹처럼 우리의 꿈 역시 그렇지 않을까.

아아 진딧물

집을 지으면서 남편과 마당에 심을 나무를 보러 자주 화원이며 농장을 돌아봤다. 표충사에서 바람에 낭창이는 수양벚나무를 본 이후로 무조건 마당에 수양벚나무를 심어야겠다고 마음을 굳혔더랬다. 벚나무와 수양벚나무를 심고 싶어서 주택에서 살고 싶었는지도 모르겠다. 꽃도 좋고 여름에 그늘도 좋고 가을엔 낙엽이 또 얼마나 고운가. 벚꽃이 피고 지는 마당에서 남은 세월을 살고 싶었다. 그러나 남편 생각은 달랐다. 내가 꽃과 단풍이 좋은 나무를 선호한다면 남편은 열매를 맺는 나무를 좋아했는데 앵두나무가 그중 첫 번째였다. 고향의 장독대에 커다란 앵두나무가 있었고 어머니께서는 2년 전 돌아가시기 전까지 앵두를 따서 술을 담그셨더랬다. 아마도 그 기억 혹은 추억 때문이 아니었을까. 남편에게 앵두나무는 나의 수양벚나무와 같았다. 그러나 내게 앵두나무는 절대로 심어서는 안 될 나무였다. 앵두나무에 무슨 억하심정이 있어서냐고?

어머니 장독대에 있는 앵두나무는 나도 좋아했다. 진딧물을 보기 전까지는. 앵두를 따다가 나무에 새까맣게 붙어 있는 게 진딧물인 줄 처음엔 몰랐다. 나뭇가지가 보이지 않을 정도로 마치 초코가 발린 빼빼로처럼 새까맣게 진딧물이 붙어 있었다. 누가 일부러 발라 놓은 것처럼. 도대체 이 많은 진딧물이 어디에서 날아온 것일까. 근처 바람에도 진딧물이 있는 것 같아서 손으로 입과 코를 막았더랬다.

진딧물 한 마리는 한 해에 수천 마리의 새끼를 낳는다고 하는데 번식력이 얼마나 좋으냐면 진딧물 새끼는 이미 몸속에 새끼를 가지고 태어난다고 한다. 태어나자마자

2~3일 후면 또 새끼를 낳으니 이 번식력에 식물들이 견뎌 낼 방법이 없었을 테다. 한 나무에 바글바글 붙어서 식물 이 죽을 때까지 즙을 빨아 댈 정도로 잔인하지만 이런 진 딧물을 좋아하는 곤충도 있다. 개미다.

진딧물은 식물의 즙을 빨아먹고 미처 소화를 시키지 못한 즙을 배설을 하는데 이것을 감로라고 한다. 이름처럼 감로는 달콤해서 개미가 이 감로를 아주 좋아한다. 그래서 개미는 감로를 얻기 위해 진딧물을 졸졸 따라다니는데 심지어 진딧물을 다른 식물로 옮겨 두기까지 한다. 더 지독한 경우는 진딧물이 다른 곳으로 가지 못하게 날개를 떼어 버리기도 한다는데 일종의 사육이랄까.

앵두나무에 새까맣게 매달린 진딧물은 내게 트라우마가 되었다. 숲 선생을 하고 있는 지금도 진딧물의 충격은 여전하다. 내게 있어 앵두나무는 진딧물의 다른 말이 되었다. 남편은 여전히 동네 오일장에서 앵두나무 묘목을 보면 사자고 조른다. 더운 여름 아이스크림 가게 앞에서 애처로운 눈으로 쳐다보는 아이처럼 남편은 나를 보지만 여전히 앵두나무를 키울 생각은 없다. 시장에 앵두가 나올 때 앵두를 사 주는 것으로 남편을 달래고 있다. 진딧물에 대한 혐오감이 덜어지는 순간을 내가 곤충을 정말 좋아하고 있다는 신호로 여기면 될 거 같다.

새끼가 뭐라고

매미 우는 소리처럼 요란한 소리가 또 개구리 우는 소리겠다. 대부분의 울음소리는 짝짓기를 위한 수컷들의 구애 소리라는데 개구리 우는 소리 또한 암컷을 유혹하는 수컷의 구애 소리다. 개구리 암컷들은 굵고 낮은 소리를 좋아한다고 한다. 몸집이 큰 개구리의 울음소리가 낮고 굵다고 한다. 몸집이 크면 건강한 정자를 가지고 있을 테고 건강한 정자를 받아 새끼를 낳고 싶은 것이겠다. 실제 마음에 들지 않는 수컷이 포접을 할라치면 암컷은 발길질로 수컷을 차기도 하고 죽은 척하기도 한다.

숲 활동을 하다가 환경에 관심이 생겨서 자연환경해설사 공부를 하게 되었다. 수업 중에 자료화면을 통해 수컷 개구리의 구애를 보게 되었는데 이건 구애라기보다는 전쟁에 가까워 충격이었다. 암컷 개구리 한 마리에 일여덟 마리의 개구리가 덮치는 것이다. 그러니까 나중에 암컷을 향해 몸을 던진 수컷은 실은 수컷을 덮친 꼴이 되었고, 자신의 등에 올라탄 수컷에 뒷발질을 하는 한편 암컷을 향해 짝짓기를 하려 애를 쓰는 걸 보면서 큰 소리로 웃었지만 그 짝짓기에 대한 처절함이라니.

개구리의 짝짓기 모습은 사진을 통해 자주 봐 왔다. 암컷 등 위에 수컷이 있어서 대부분의 동물처럼 생식기를 삽입하는 것으로 생각했다. 개구리의 짝짓기를 포접이라고 하는데 짝짓기를 할 때가 되면 수컷의 엄지발가락에 생식혹이란 기관이 발달하게 된다고 한다. 암컷을 안아서 알이 잘 나오도록 배를 꾹꾹 눌러 주는 게 이 생식혹의 역할이다. 암컷이 알을 낳으면 수컷은 정자를 알에 뿌려 수정을 하게 되는데 개구리는 체외 수정을 하기 때문이다. 그래서 생식기 삽입을 하지 않는 것이다.

정자와 난자가 체외에서 만나는 건 수명이 길지 않다. 그래서 최대한 빨리 수정해야 하기 때문에 포접한 상태로 암컷이 알을 낳으면 수컷은 바로 알에 정자를 뿌려야 한다. 해서 수컷은 암컷에게서 떨어지지 않기 위해 너무 세게 안기도 하는데 이때 암컷이 질식사 하는 경우도 있다고 한다. 죽은 암컷도 가엾지만 죽은 줄도 모르고 계속 껴안고 있는 수컷도 처연하다. 도대체 새끼가 뭐라고 한 생을 새끼를 낳기 위해 살아 내는 것인지, 곤충도 동물도 사람도.

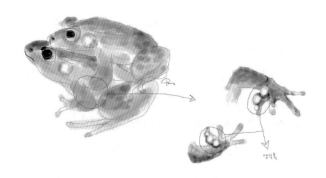

신의 독초가 인간에겐 약초가 되다

엉겅퀴 정도는 안다고 자부했다. 엉겅퀴 꽃을 좋아도 했고 엉겅퀴를 많이 캤기도 했다. 수년 전에 전라남도 백련사에 종종 머물렀다. 이른 봄이었다. 나물을 캐러 스님을 따라나섰다. 나물이라고는 쑥밖에 모르는 나에게 이상하게 두툼한 것을 캐라고 했는데 그것이 엉겅퀴였다. 엉겅퀴 잎은 톱니 모양의 잎에 가시가 있어서 먹는 것인 줄 몰랐는데 전라도에서는 이른 봄에 나는 엉겅퀴를 캐서 국으로 끓여 먹는다고 했다. 공양주 보살님이 끓여 주신 엉겅퀴 된장국에 반해서 그해 봄 백련사에 있는 내내 엉겅퀴를 캐느라 손톱에서 흙물이 빠지질 않았다. 그래서 엉경퀴에 대해선 나름의 자신감이 있었다.

주택으로 이사를 한 후 산야초를 만들 요량으로 쑥, 냉이, 씀바귀, 엉경퀴를 캐러 이른 봄부터 집 주위를 샅샅이 훑었다. 생각보다 엉경퀴가 많아서 엉경퀴를 잔뜩 캤는데 친구가 보더니 엉경퀴가 아니라 '방가지똥'이라고 알려 줬다. 처음 들어 보는 방가지똥. 이름을 들어도 생김새가 어찌나 똑같은지 구분이 쉽지 않았다. 아마도 잎에 있는 가시 때문에 그랬던 거 같다. 꽃이 피면 확연하게 구분이 되는데 엉경퀴는 꽃이 보라색이고 방가지똥은 노란색이다. 보라색의 독특하고 예쁜 꽃에 비해 잎은 거칠고 가시는 몹시 날카롭다. 장갑을 끼고 캐도 손을 찌른다. 언뜻 보면 저주의 식물로 제격인 것도 같다.

엉경퀴는 그리스의 신화에서 대지의 여신 데미테르가 홧김에 대지에 벌로 내린 식물이다. 데미테르는 제우스와의 사이에서 딸 페르세포네를 낳는다. 페르세포네를 보고 한눈에 반한 하데스가 페르세포네를 납치하는데 딸이 납치를 당하는 것을 보고도 못 본 척한 사람들에 데미테르는 참을 수 없이 화가 난다. 분노한 데미테르는 그들이 사는 땅에 대지를 척박하게 하는 저주로 독보리와 엉겅퀴를 퍼트리게 된다. 엉겅퀴는 저주의 식물답게 척박한 곳 어디서도 잘 자랐다. 삶의 여건이 힘들면 공격적이 된다고 한다. 식물 또한 다르지 않아 척박한 땅에서 엉겅퀴 잎의 가시는 더욱더 날카롭고 무성해졌다.

저주로 엉겅퀴는 세상에 왔지만 인간은 엉겅퀴를 먹고 독초를 약재로 쓰니 인간이 그리스 신 위에 존재하는 것인지도 모르겠다. 신이 독초로 퍼트린 엉겅퀴를 캐서 산야초를 담그려고 나는 올봄에도 호미를 들고 집을 나선다. 삶의 여건이 힘들면 공격적이 된다는 건 내게도 해당이 되는 것인지 엉겅퀴를 캐는 내 호미질이 점점 더 사나워진다. 나도 모르는 사이 내 삶의 여건이 힘들었던가 보다. 아무럼 어떤가. 저주가 약이 되는 시간이다.

엉겅퀴

Ponmg

방가지똥

그래서 눈물

　나비가 악어의 눈물을 먹는다고 했으니 악어의 눈물 이야기를 해 보자. 거짓 눈물을 두고 '악어의 눈물'이라고 한다. 눈물이란 슬프거나 기쁘거나 너무 웃거나 할 때 흐르는 것으로 어떠한 이유로든 사람의 마음이 흔들릴 때 흘리게 된다. 내가 아는 스님 한 분은 성격이 대쪽 같다. 말을 에둘러 할 줄 모른다. 부르르 끓어오르는 감정을 그대로 표현하고 아닌 것에는 일단 성부터 내고 본다. 스님이면서 도대체 성미가 왜 그러냐고 타박을 듣곤 하는데 이런 스님도 눈물에는 속수무책이다. 누군가 잘못을 해서 스님께 야단을 듣다가 눈물을 보이면 스님은 타오르는 불에 기름을 부은 듯 화를 내다가도 그만 돌아서서 그 자리를 피하시고 만다. 이렇듯 스님이 눈물에 약한 것을 눈치채고 이를 악용하는 사람들이 더러 있었다. 가까운 사람들은 조심스럽게 스님께 귀띔을 하곤 했는데 스님은 이미 다 알고 계셨다. 괜찮다고. 알고 있지만 어쩌겠느냐고 하신다. 본래 눈물이란 게 그런 거 아니겠느냐고. 세상에 어떤 식으로든 피할 곳 하나쯤은 있어도 좋지 않겠느냐고 세상 무표정하게 말씀하신다. 눈물이란 그런 것이다.

악어의 눈물은 '거짓 눈물'의 대명사가 되었다. 악어는 먹이를 먹을 때 눈물을 흘린다고 한다. 누선과 타액선이 가깝게 붙어 있기 때문이라는데 눈물이 흐르는 건 먹이를 삼키기 좋게 하려고 수분을 보충하기 위해서라고 한다. 크고 단단한 것을 먹을수록 더 많은 눈물을 흘린다고 한다.

감동의 눈물이든 거짓 눈물이든 어쨌거나 나비에겐 소중한 눈물이겠다. 그러면 됐지 뭐. 그런데 나 역시도 요즘 자주 눈물이 난다. 하루를 살아 내고 일기를 쓸 때 종종 그렇다. 눈물이 차오를 때 덜컥 겁이 날 때가 있다. 혹 나 역시 먹어서는 안 될 것을 또 먹었나 해서, 이 눈물이 악어의 그것인가 해서.

괜찮아 괜찮아

　슬플 때 울다. 기쁠 때 울다. 화가 나 울고 억울해 울다. 그리워 울고 미워서 울고 행복해 울다. 목을 놓아 울고 바보처럼 울고 주책없이 울다. 눈물을 흘린다는 건 이유가 무엇이든지 그 순간 열렬하다는 증거. 지금 울고 있다고 상심 말자. 열렬하게 생을 살고 있는 중이니.

이기적인 사랑

숲에서 아이들이 좋아하는 곤충을 꼽자면 콩벌레, 개미 그리고 나비 순이 아닐까. 나비만 보면 "나비다!" 소리를 지르며 나비를 쫓는다. 관찰하겠다며 아이들과 함께 나비를 잡으러 숲을 뛰어다녔지만 만만찮았다. 이렇듯 아이들이 좋아하는 나비 중에서 모시나비나 애호랑나비의 암컷에겐 다른 나비에겐 없는 특별한 것이 있다. 이들 나비의 수컷은 짝짓기를 끝내고 나면 꼬리 부분에서 분비물을 내어 암컷의 산란 부분에 적갈색 점액 물질을 발라 둔다. 적갈색 점액 물질은 수컷의 부속샘에서 만들어지는

지질단백질로 이루어져 있는데 짝짓기 중에 수컷은 암컷에게 정자를 포함한 장포와 함께 영양분도 함께 전달하게 되고 이는 암컷의 난자 형성과 신체활동에 사용된다. 이 분비물은 처음엔 말랑하나 시간이 지나면 딱딱하게 굳어서 떨어지지 않는데 말 그대로 교미관을 밀봉하는 것이다. 이것을 보통 수태낭이라고 한다. 짝짓기를 끝낸 나비의 암컷은 일생 이 무거운 수태낭을 달고 다닌다. 수태낭을 달고 다니는 나비를 관찰하셨다는 어느 교수님은 나비가 꽃잎에 앉을 때마다 딱딱한 수태낭의 마찰음 소리를 들을 수 있었다고 했다. 사각사각, 사각사각. 딱딱하게 굳어 매달린 수태낭으로 해서 암컷 나비는 다시는 짝짓기를 할 수 없다. 이렇게 짝짓기를 끝낸 수컷은 2~3일 정도 살다가 죽는다고 한다. 수컷의 이토록 극단적이고 이기적인 사랑이라니. 금세 죽을 것을 알기에 더 그랬던 것일까.

수컷의 이런 이기심은 나비만의 일도 아니다. 설치류 기니피그 수컷 역시 짝짓기가 끝나면 암컷의 생식기에 젤라틴 같은 물질을 배출하는데 이 액이 암컷의 질 속에 들어가면 끈끈해지고 나중에 질을 막아 버린다고 한다. 다른 수컷과 짝짓기를 하지 못하게 하려는 이유다. 그러나 평생 달고 다니는 나비의 수태낭과는 다르다고 하는데 시간이 지나면 암컷이 배출시킬 수는 있다고 한다. 오징어의 경우는 교미할 때 수컷이 암컷에게 정자낭이라는 주머니를 전달하는데 이 정자낭이 암컷의 생식 기관을 막아버린다고 한다. 교미가 교미가 아니다. 전쟁이다. 아무튼 수컷들이란.

나비의 이 지독한 사랑의 흔적을 찾아보기 위해 애호랑나비가 알을 낳는다는 족도리풀을 찾아 나섰지만 수태낭을 단 나비는 지금까지 보지 못했다. 고요한 숲에서 바람에 잎사귀 부딪히는 소리가 나면 집을 등에 지고 사는 달팽이처럼 배에 집을 짊어지고 다니는 나비의 기척인가 싶어서 귀를 쫑긋하게 된다.

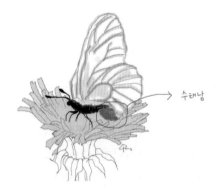

수래남

나무도 익스큐즈 미

남편의 직업으로 미국에서 2년 살 기회가 있었다. 처음 살아 보는 미국은 모든 것이 낯설었다. 제일 먼저 맞닥트린 그들의 문화랄까 습관이랄까. 익스큐즈 미였다. 어디를 가든 제일 먼저, 또 많이 들었던 말이다. 부딪히지도 않았는데 익스큐즈 미였고 두어 발 뒤에서 또 익스큐즈 미였다. 내게 전혀 익스큐즈 미할 상황이 아니었음에도 늘 익스큐즈 미를 했었는데 두어 달 살아 보고서야 알게 되었다. 그들이 내게 익스큐즈 미한 것은 너도 내게 익스큐즈 미하라는 뜻이었다는 걸. 난 그들의 이 익스큐즈 미가 좋았고 지금도 그렇다.

익스큐즈 미는 그러니까 서로가 지켜야 할 최소한의 거리라고 생각한다. 코로나로 인해 우리가 지켜야 했던 물리적 거리 2m처럼 최소한의 지켜야 할 선. 물리적 거리뿐 아니라 심리적 거리는 더 중요하다. 거리를 지키는 건 서로에 대한 예의고 상대에 대한 존중이라 하겠다. 길이 여유가 있음에도 사람을 치고 가는 것이 다반사고 친하다는 이유로 사적 공간에 깊숙이 개입하려는 게 아무렇지 않을 때가 많다. 나 역시 친구를 위한다는 이유로 원하지도 않는 조언을 하고 기다리지 못하고 채근하고 했던 적 많았다. 생각해 보면 이건 염려가 아니라 참견에 가까웠다.

나무줄기 위쪽 끄트머리인 우듬지를 수관이라고 한다. '수관기피'라는 말이 있다. 이는 나무 꼭대기의 줄기나 잎이 서로 닿지 않게 거리를 두는 것을 말한다. 나무는 가지를 햇빛을 향해 마구 뻗는 것 같지만 옆에 나무가 있어 닿을 것 같으면 그쪽으로 자라는 것을 멈춘다고 한다. 거리두기다. 이런 거리두기는 해충이 옮는 것을 막아 주기도 하고 하늘을 나눠 가져서 햇빛을 골고루 받을 수 있게 한다. 서로의 배려인 셈이다. 숲에서 하늘을 올려다보면 나무들의 거리두기가 만들어 낸 경계를 언제든 볼 수 있다. 여름은 여름대로 겨울은 겨울대로.

지켜야 할 최소한의 선, 절대 넘지 말아야 할 선이 있지만 이 선을 지키는 것이 정말 쉽지 않다. 어쩌자고 선이란 게 늘 넘고 나서야 깨닫게 되는 것인지 안타깝다.

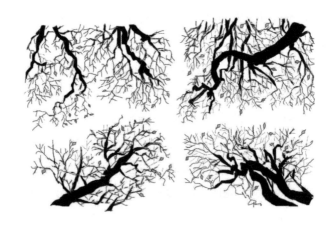

개미야, 내가 졌다

주택에 살면 일이 많을 거라며 집 지을 계획을 세울 때 부정적으로 말하던 사람들이 대부분이었다. 아무래도 아파트보다야 일이 많다. 비가 오면 비설거지를 해야 하고 태풍이라도 오게 되면 그야말로 비상이다. 바람에 날아갈 물건들은 창고에 넣어야 하고 물 빠지는 홈통도 점검해야 하며 2층 같은 경우는 나뭇잎에 홈통이 막히지 않도록 비가 오는 중에도 수시로 나가서 확인을 해야 한다. 아파트에 살 때야 폭우가 쏟아져도 태풍이 온다고 해도 밖에만 나가지 않으면 남의 일처럼 편안했었는데 주택살이를 하고는 태풍이 지날 동안엔 밤새 선잠을 자게 된다. 그런데 이런 것들을 하고 싶어서 주택살이를 자청했던 것이라 괜찮다. 잔디를 깎고 떨어진 나뭇잎을 쓸어 내는 일이 아직은 낭만적이다. 그렇다고 주택살이가 완벽하게 좋다는 건 아니다. 여름엔 마당에 모기가 많지만 집 안에는 없으니 그도 괜찮다. 의외의 복병은 따로 있었다. 주택살이 5년이 지난 지금까지 적응이 힘든 것은 개미다. 아직 집 안까지 들어오진 않았지만 현관 앞까지 떼로 줄을 지어 다니는 개미를 보면 소름이 끼친다. 꿀샘이 있는 벚나무엔 나무 전체를 시침질하듯 새까맣게 줄을 지어 오르내린다. 앞마당 한쪽에서 줄을 지은 개미를 따라갔더니 뒷마당으로 이어진 텃밭까지 계속되었다. 그때 느낀 공포는 말로 표현할 수 없었다. 내가 만약 주택살이를 그만둔다면 그건 다른 이유 아닌 개미 때문이다.

농약사에서 개미를 쫓는 약을 구하기도 여러 번이었다. 과립으로 된 것을 뿌리기도 했고 하얀 분말 형태를 뿌리기도 했었다. 그러나 개미는 보라는 듯 당당하게 약 위를 넘어 다녔다. 한 날은 너무 놀라서 에프킬라를 뿌려댔었는데 몇 시간 지나 보니 그 옆쪽으로 줄을 지어 다녔다. 개미구멍에 식초를 뿌린다, 끓는 물을 붓는다, 인터넷에 소개된 온갖 잔인한 비법까지 동원했지만 마당엔 여전히 개미가 바글바글하다. 심지어 해마다 더 많아지는 거 같다.

베르나르 베르베르의《개미》에 보면 지구에는 몇 초 동안 40명의 사람과 7억 마리의 개미가 태어나고 30명의 사람과 5억 마리의 개미가 죽어 가고 있다고 했다. 심지어 개체 수는 수십억의 십억 배 이상으로 추산된다고 하니

아아,

졌다.

암컷의 취향

아주 오래전 만화에 그런 게 있었다. 시대의 변화에 따른 여성들의 남성 선호도 뭐 그런 거였다. 잘생긴 남자, 뚱뚱하고 머리 벗겨진 돈 많은 남자, 가슴 빵빵하게 넓은 몸짱 남자. 이런 순이었다. 그림은 상당히 노골적이어서 불쾌감이 일었으나 흥미롭기도 했었다.

동물의 암컷들도 수컷에 대한 취향이 분명하다고 한다. 개구리의 암컷은 굵고 저음의 목소리를 좋아하는데 이는 굵고 저음의 목소리를 지닌 수컷이 덩치도 커서 건

강한 정자를 지니고 있다고 믿기 때문이란다. 제비의 경우는 수컷의 꽁지가 길고 가지런한 것을 좋아한단다. 반딧불이는 수컷 꽁지의 불빛이 밝은 것을 좋아하고 홍날개는 독성분인 칸다다닌을 많이 지니고 있는 수컷에게 끌린다고 했다. 그래서 홍날개 수컷은 칸다다닌 좀 얻겠다고 가뢰의 바짓가랑이에 매달려 칸다다닌을 얻을 때까지 이리저리 끌려다니는 것이다. 소리로 수컷을 선택하는 곤충으론 매미도 빼놓을 수가 없겠다. 공작새의 암컷은 화려하고 긴 꼬리의 수컷을 좋아하는데 이 역시 화려하고 긴 꼬리로 수컷의 건강상태를 가늠하기 때문이란다. 암컷들의 이런 취향은 모두 건강한 유전자를 지닌 수컷과 짝짓기를 해서 좋은 2세를 낳겠다는 의지인데 어쨌든 암컷의 마음을 얻기 위해 수컷들은 그토록 울고 웃는 것이다. 수컷의 힘이나 아름다움이 사냥을 하고 가족을 지키기 위한 것이 아니라 오로지 암컷을 유혹하기 위함이라니 이토록 처연한 생이 또 있을까.

토끼풀꽃 이야기

만나기로 한 시간이 훌쩍 지나고 있었지만 아이들은 오지 않았다. 벌써 다른 반 아이들은 숲 선생님과 함께 숲으로 들어갔고 숲 입구엔 초여름의 햇볕만 내리쬐고 있었다. 따가운 햇볕을 피하려고 그늘로 들어섰다가 토끼풀꽃을 발견했다. 토끼풀꽃 두 송이를 땄다. 하얀 꽃봉우리가 풍선처럼 둥근 것과 꽃잎이 갈색으로 바래 아래로 처진 것 하나씩을. 멀리서 아이들을 실은 원의 차량이 보이고 이내 기다렸던 아이들이 우르르 내게로 달려들었다. 아이들과 숲의 그늘로 들어가서 꽃 두 송이를 보여 줬다. 어떻게 두 송이가 다른지 아이들에게 물어보고 갈색으로 바랜 꽃송이를 들었다.

"갈색인 꽃잎은 벌이나 나비 친구를 만난 꽃잎이고 하얀 꽃잎은 아직 벌이나 나비 친구를 만나지 못한 거야. 그런데 왜 벌을 만난 친구는 떨어지지 않고 이렇게 잎을 아래로 해서 매달려 있는 걸까? 그건 꽃잎이 떨어지면 꽃송이가 작아지겠지? 꽃송이가 작아지면 벌이나 나비가 꽃을 잘 볼 수 없을까 봐서 벌이나 나비를 먼저 만난 친구들이 기다려 주는 거래."

숲 선생을 할수록 부족한 것이 많아 여기저기 강의를 들으러 다니고 관련 책을 읽고 스터디를 하고 한다. 그런 중이라서 어디서 들은 건지, 어디에서 읽은 건지도 모를 이야기들이 많은데 토끼풀꽃 이야기도 마찬가지다. 토끼풀이나 민들레처럼 꽃잎이 여러 장인 꽃들은 그 낱낱의 꽃잎이 하나의 꽃송이다. 쉽게 말하면 장미 한 송이와 토끼풀의 작은 꽃잎 하나가 같은 한 송이라는 것이다. 그러니 토끼풀 한 송이나 민들레 한 송이는 정확하게 말하자면 꽃 한 '송이'가 아니라 한 '다발'인 셈이다. 수정도 작은 이파리 낱낱이 하게 된다는 것인데 이때 수정을 먼저 한 꽃잎이 지지 않고 수정하지 않은 꽃잎이 수정할 때까지 기다리고 있다는 것이다. 그건 아이들에게 말한 것처럼 미리 수정한 꽃잎이 지면 꽃송이가 작아지고 벌이나 나비가 작아진 꽃송이를 발견하지 못할까 봐서 모두가 수정을 할 때까지 갈색이 되어서도 거꾸로 매달려 있다는 것이다. 처음 이 이야기를 들었을 때 뭉클해서 눈물이 났었다. 그런데 정말 그럴까.

토끼풀 잎엔 V자 모양의 하얀 무늬가 있는 것이 있고 그렇지 않은 것이 있다. 사람들이 많이 다니는 곳이나 시끄러운 곳에 자리한 토끼풀은 자신을 보호하려 잎에 V자형의 무늬를 새긴다고 한다. 그러나 인적 드문 숲에 사는 토끼풀 잎에는 아무런 얼룩 없이 진초록이라고 했다. 신기해서 토끼풀을 볼 때마다 확인하게 되었는데 도로가에 난 토끼풀 잎에도 하얀 무늬가 없었다. 반면 숲 깊은 곳에 있는 토끼풀 잎에서 선명한 V자형의 흰 무늬를 볼 수 있었다. 이를 두고 어느 박사님은 그건 자신을 보호하려는 목적보다는 빛의 문제가 아닐까 하셨다. 깊은 숲에 사는 토끼풀을 보면 그럴 수도 있단 생각이 들었다. 꽃이 피지 않았을 때는 잎에 흰 무늬가 없고 꽃이 피면 흰 무늬가 없어진다는 말도 있다. 토끼풀을 재배하는 분의 말로는 같은 뿌리에서도 흰 무늬가 있는 것이 있고 없는 것이 있는데 비교적 오래되고 커다란 잎에 흰색 무늬가 있는 경우가 많으며 선명하다고 했다. 많은 이야기가 있지만 조금 더 알아보니 이건 좀 더 복잡한 문제인 거 같다.

우리가 흔하게 보는 건 풀잎에 V자의 흰 무늬가 있는 것과 그렇지 않은 것 두 가지만 있는 거 같지만 두 가지 이상의 다양한 풀잎이 존재한다고 한다. 같은 흰색 V자 무늬라고 해도 그 크기나 위치나 모양이 조금씩 다 다르다. 끊어진 V자가 있기도 하고 잎 가운데 포인트처럼 작은 V자가 있는 것도 있다. 유전자에 따라서 형태의 형질이 달라지기도 하기 때문에 다양한 잎이 존재하게 되고 높은 확률로 이종교배가 잘 되는 종이 있어 그 결과 다양한 무늬가 나온다고 한다. 또 국소적인 지역에 특정 종이 우세하면 우리가 그 우점종을 보게 되는데 그게 무늬가 없는 것일 수도 V자의 무늬가 있는 것일 수도 있다는 것이다.

그렇다면 갈색으로 변한 꽃잎이 지지 않고 매달려 있는 건 어떤 연유일까. 이는 먼저 수정한 꽃잎이 떨어지지 않는 것은 꽃잎을 아래로 해서 씨앗을 그 안에 품고 있기 때문이라고 한다.

"선생님도 이 꽃처럼 친구들이 오기를 기다렸어. 덥고 다리도 아팠지만 친구들 기다리는 시간이 좋았어. 그러니까 선생님 한 번씩 안아 줘도 괜찮아."

아이들은 우우 달려들어 나를 안아 줬다. 아이들이야 풀꽃 이야기에 뭔 관심이 있겠나. 하얗든 갈색이든 아무 상관이 없고 선생이 허리를 숙이고 팔을 벌리니 그저 달려들었을 뿐이겠다. 원의 선생님들만 호기심에 고개를 끄덕였다. 다른 곳에 가서서 내게 들은 이야기를 전하셨을지도 모르겠다.

유전학도 진화학도 내게는 너무 어려운 학문이라 무늬

가 있는 것과 없는 것의 비밀을 알게 된 것만으로 충분하다. 내게 토끼풀은 꽃을 떼서 반지를 만들고 화관을 만드는 것과 네잎 클로버를 찾던 추억이 더 좋다. 그냥 생긴 게 그래서 잎이 지지 않고 얼룩이 지고 잎이 갈라진다는 것보다야 친구를 기다리느라 매달려 있는 꽃잎의 이야기가 훨씬 재밌다.

내 이름 함부로 부르지 마세요

요즘 청첩장을 제법 받고 있다. 결혼 인구가 절벽이라고는 하지만 청첩장을 받아 보니 그도 아닌가 하는 생각이 든다. 결혼을 앞둔 지인의 이야기를 들어 보면 예전만큼은 아니지만 여전히 결혼 당사자들의 본가와는 이런저런 마찰이 있는 모양이다. 내가 들은 가장 큰 문제는 여전히 집과 예단이었다.

요즘 결혼을 하는 사람들은 집이 가장 큰 문젠 거 같다. 예전에도 집이 가장 컸지만 예전의 집값과 지금의 집값을 생각하면 같다고 할 수 없지 않겠나. 단위가 다르다. 이런 요즘의 사정에 남자에게 집을 바라는 건 너무 가혹하다. 한참 전에 지인들 모임이 있었다. 아들만 둘을 둔 분이 결혼을 할 때 왜 집을 남자가 장만해야 되냐며 집은 경제적 부담이 크고 세간은 집에 비해 부담이 적다는 의견이었다. 그러니 집도 세간도 똑같이 나눠서 해야 한다는 주장이었다. 맞는 말이다. 옆의 다른 분이 그럼 결혼 후 명절에 아들이 처가에 먼저 가도 되느냐고 물었다. 아들만 둘인 분이 명절에 먼저 본가에 와야 하는 게 전통이고 도리라고 했다. 전통과 도리를 따질 거면 결혼할 때 집을 남자가 하는 전통도 따라야 한다는 게 다른 분의 주장이었다. 그도 맞는 말이다.

과정이야 어찌 됐든 가족이 된 이후는 평안하면 좋으련만 모두가 다 그렇지가 않다. 인간사에서 시어머니, 며느리, 사위, 장모가 얼마나 지독하게 얽혀 있는지 식물의 이름으로도 엿볼 수가 있다. 한여름 내내 풀이 우거진 곳 어디에서라도 볼 수 있는 며느리밑씻개. 내가 어릴 적에 시골에 가면 화장실에 신문지를 손바닥만 한 크기로 오려서 벽에 달아 두고 뒤처리용으로 썼다. 신문지가 빳빳하니 손으로 부비부비 부드럽게 해서 사용했다. 또 학기가 바뀌면 교과서나 공책이 뒤처리용으로 화장실에 있었는데 그 역시 한 장씩 뜯어서 써야 했다. 언젠가 고모할머니댁에 갔는데 공책이 있었다. 고종사촌 오빠의 일기장이었다. 예기치 않게 오빠의 비밀을 알게 된 것도 화장실 휴지가 없던 시절이어서 가능했던 것이다. 신문지나 공책은 그래도 부유한 집에서나 가능했다. 그도 없을 경우엔 풀잎을 뜯어서 휴지를 대신했고 여름엔 호박잎으로 닦기도 다반사였다고 한다. 호박잎도 줄기를 훑어 내지 않으면 쪄도 먹기 까끄러울 정도로 거칠다. 호박잎으로 닦는 것도 만만찮았을 것이다. 그런데 시어머니는 볼일 보고 있는 딸에게는 호박잎을 주고 며느리에겐 이 호박잎조차 아까워서 며느리밑씻개 덤불을 던져 줬다고 한다.

며느리의 밑을 씻는다는 며느리밑씻개는 가느다란 줄기에 자잘한 가시가 빽빽하게 사납다. 옷가지에 붙으면 옷을 잡아당길 만큼 가시의 밀착력 또한 대단하다. 언젠가 옷에 붙은 이 덤불을 떼어 내려 무심코 손으로 잡았다가 가시가 손에 박혔었다. 알알이 박힌 가시를 핀셋으로 뽑았는데 심지어 가시가 잘 보이지도 않았더랬다. 며느리가 얼마나 미우면 이런 이름을 풀에 붙였을까. 온 줄기에 자잘한 가시를 휘감고 있지만 날카로운 가시와는 어울리지 않게 별사탕처럼 생긴 연분홍의 작은 꽃은 청순하기이를 데 없다. 이름을 생각하니 꽃에서 처연한 며느리를 떠올리기에 어렵지 않았다. 며느리가 그리 미웠을까.

'며느리 밑씻개', '며느리 배꼽' 등 며느리가 있으면 사위인들 왜 없을까. 사위멜빵이란 식물도 있다. 지게를 지기위한 멜빵을 만들 때는 든든한 칡넝쿨로 만들었다. 나무짐을 많이 져야 하니 끈이 끊어지면 안 될 터. 칡넝쿨로 단단하게 맨 지게는 남편에게 지게하고 사위에겐 사위멜빵으로 지게끈을 만들어 지게 했다고 한다. 딸 고생시키는사위가 미워 며느리밑씻개에 비금가는 식물은 아닐까. 사위멜빵 식물 줄기는 가늘고 연해서 금세 뚝뚝 끊어진다. 잔잔한 제 꽃송이조차 무거워 보일 정도로 연약하다. 이 연약한 줄기로 끈을 만들었으니 지게에 무슨 짐을 실을수 있겠나. 시어머니와 다른 장모의 마음이 읽힌다.

그런데 그저 흔한 풀꽃이라고 해도 함부로 이름을 짓지 말았으면 좋겠다. 애기똥풀, 큰개불알꽃, 쥐오줌풀, 도둑놈의 갈고리, 비짜루, 홀아비바람꽃. 생긴 게 닮아서, 냄새가 비슷해서 이유는 많지만 그래도 이렇게 지독한 이름으로 부를 바에야 차라리 그냥 이름 없는 풀꽃으로 두는 게 낫겠단 생각이 든다.

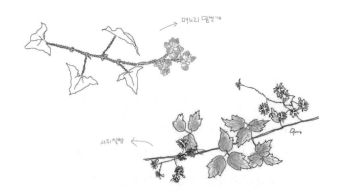

며느리 밑씻개

사위질빵

아버지의 새집

손자가 또 입원을 했다는 연락을 받고 병원에 도착해 보니 한쪽 발에만 양말을 신고 티셔츠는 앞뒤를 거꾸로 입고 있었다. 아버지 생전에 많이 편찮으셔서 입원하셨단 연락을 받았더랬다. 아무래도 며칠 집을 비울 거 같아서 세탁기를 돌리고 청소도 했다. 식구들이 먹을 밑반찬까지 만들어 둔 후에 기차를 탔었다. 아버지껜 그랬었다, 내가.

어릴 때 놀던 놀이가 있다. 손등 위로 흙을 쌓아 다독이 며 "두껍아 두껍아 헌집 줄게 새집 다오" 노래를 부르며 손을 가만 꺼낸다. 그러면 둥그런 이글루 같은 흙집이 만들어진다. 두꺼비에게 주는 헌집은 무엇이고 달라는 새집은 어떤 집일까.

옴두꺼비는 알을 갖게 되면 잡아먹히려고 독사를 찾아 길을 떠난다고 한다. 독사를 만나면 순순히 잡아먹힌 후 자신의 독으로 뱀까지 죽게 한다. 그러면 옴두꺼비 배 속의 알들이 엄마 두꺼비와 독사를 먹으면서 튼튼하게 자란다. 그렇게 자신의 헌집을 먹이로 자식의 새집을 짓는다는 것이다.

아버진 오래전에 돌아가시고 이제 너무 늙으신 엄마를 볼 때마다 내가 이만큼이라도 사는 게 어디서 온 건지 생각하면 눈물겹다.

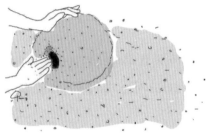

아버지의 꿈

가진 게 없어 하루 벌이가 하루의 양식이었습니다. 그 양식조차도 몸을 도끼처럼 써야만 가능했습니다. 양철지붕 위로 쏟아지는 소낙비 소리처럼 감출 수 없는 가난을 오래 살아야 했지만 선한 끝은 있다고, 결국엔 좋은 날이 올 거라고 꿈을 잃지 않았습니다. 아버지가 결국엔 올 거라고 믿었던 좋은 날이, 어떤 순간에도 끝끝내 잃지 않았던 꿈이 나였다는 걸 돌아가시고 나서야 알았습니다.

말로 지은 수많은 죄

지렁이 선생님은 산에 황토 방을 지어 놓고 주로 그곳에서 지내는데 환경이 그렇다 보니 모기는 말할 것도 없고 지네나 개미에 자주 물린다. 지네가 물면 자다가도 벌떡 일어날 정도로 아픈데 개미의 경우도 만만찮다고 한다. 더구나 작아서 잘 보이지도 않고 한 마리가 아니라 여러 마리라 잡을 동안 계속 물어댄다고 할 때는 눈에 잘 보이지도 않는 작은 개미가 물어 본들 싶었었다. 며칠 전 스터디에서 만난 선생님 목덜미에 자잘한 붉은 상흔이 보였다. 전날 개미에 물린 자국이라고 한다. 작다고 업신여기면 안 되겠다. 그날은 자연스럽게 턱관절이 발달한 곤충들 이야기로 스터디가 진행되었다.

개미는 턱관절이 발달해서 무는 힘이 좋다고 한다. 육식을 하는 곤충들은 턱관절이 좋다는데 물고 뜯고 씹어야 하니 당연하겠다. 턱관절 하면 잠자리도 빼놓을 수 없는데 잠자리의 경우는 날면서도 포식이 가능해 곤충 중에서는 최상위 포식자라고 한다. 스터디는 턱관절이 좋은 곤충에서 잠자리의 비행 능력으로 넘어가고 있었지만 난 수업에 집중할 수가 없었다. 자꾸만 손이 턱으로 갔다.

한동안 두통이 심했다. 약으로도 달래지지 않아서 결국 병원에 갔더니 귀 아래쪽 턱관절이 닳았다고 한다. 무릎, 허리야 알겠다만 턱관절 지가 노동을 했나 운동을 했나. 뭐 한다고 아플 만큼 닳았을까. 이를 악물거나 이를 가는 것도 턱관절에 악영향을 준다며 의사는 잘 때 하는 교정 장치를 권했다. 나는 뭐 그리 이 악물 일이 많았을까. 먹기는 많이 먹었다만 그게 다는 아닌 거 같다. 육식하는 곤충처럼 먹기만 했으면 좋았을 것을 아무래도 그동안 너무 많은 말을 한 거 같다. 좋은 말만 했다 해도 끔찍한 것을 좋은 말만 했을 리 만무라. 아무리 생각해도 교정 장치는 잘 때 물어야 하는 게 아닌 거 같다. 밖에 나갈 때, 특히 사람을 만날 때 물어야 제대로 사용하는 거 같다. 두통이 이렇게나 부끄럽기도 처음이다. 턱관절 닳은 거 누가 알까 두렵네. 그나저나 잠자리의 턱관절은 안녕한지 궁금하다.

4억 년을 이어 사는 비밀

　숲 터로 오르는 길에 거미줄이 많다. 주로 무당거미가 많은데 날마다 자라는 속도가 보인다. 낮은 곳에 거미줄을 크게 쳐서 아이들과 관찰하기에 그저 그만이다. 거미가 얼마나 자랐는지 수놈은 어디에 있는지 찾아보는 재미는 아이들보다 내가 더 즐겼던 거 같다. 그야말로 거미 맛집이다. 어느 날 하얀 거미줄이 노란색이 되었다.

　거미줄 색깔 변화는 무당거미 속에서 보이는데 노란색으로 변하는 것에 여러 이야기가 있다. 먼저 가을이 오면

서 거미줄 색깔이 흰색이나 반투명에서 점차적으로 노란
색으로 바뀌는데 같은 온도에 두었던 거미의 거미줄은 3
년 동안 색깔 변화가 없었다는 실험결과가 있다. 오래전
논문이긴 하지만 거미줄을 이루는 특정 분자량의 크기가
가을에만 커진다고 한다. 교미기에 거미줄 단백질 분자량
이 커지는 건 많은 수컷 거미를 수용하기 위해 상대적으
로 큰 단백질로 강한 구체의 거미줄을 만들 필요성 때문
이란다. 이렇게 보면 계절 변화가 거미줄의 색깔 변화에
영향을 주는 것 같다. 또 다른 가능성으로는 성숙한 암컷
에서만 노란 줄이 나오는 걸 봤을 때 교미를 위해 수컷을
매혹하기 위한 것으로 보기도 한다.

거미마다 다르고 같은 거미라도 덩치에 따라 다르지만
대체로 수컷 거미는 7번, 암컷 거미는 8번 정도 허물을 벗
는다고 한다. 암컷은 마지막 허물을 벗고 거미줄을 먹는
데 거미줄이 단백질이니 암컷에겐 고급 양분이다. 그렇게
기운을 내서 마지막 허물을 벗고 치는 거미줄이 노란색을
띄는데 이는 짝짓기 준비가 됐다는 신호이기도 해서 혼인
줄이라 부르기도 한다. 해서 숲에서 아이들에겐 "노란 줄

을 친 것은 이제 남자친구를 만날 준비가 됐다는 거야."라고 설명했었다.

무당거미 암컷은 눈에 금세 띌 정도로 크고 화려하지만 수컷은 가만 찾아봐야 할 정도로 작고 존재감이 없다. 수컷 거미는 암컷이 쳐 놓은 거미줄에 얹혀사는데 그냥 얹혀사는 것만도 아니다. 심지어 짝짓기를 하려고 호시탐탐 암컷을 노리고 있으니 이런 악질 세입자가 또 있을까. 곤충계의 기생충이라 할만하다. 그렇다고 마냥 한량처럼 암컷을 노리는 건 아니다. 왜냐면 목숨을 내놓고 덤벼야 하니까. 어떤 일이든 목숨을 거는 건 전부를 내어놓는 것이니까.

짝짓기를 하려다가 잡아먹히기 일쑤라 눈치껏 기회를 엿봐야 한다. 암컷이 허물을 벗느라 기운이 없을 때를 노리기도 하고, 먹이를 구해 암컷에게 바치고 암컷이 먹이를 먹는 사이 짝짓기를 시도하기도 한다. 그도 저도 안 되면 자신의 다리 한 짝을 먹이로 내놓기도 하는데 문제는 암컷이 다리 하나를 먹는 시간은 3분이다. 그러나 짝짓기를 하는 시간은 대략 6분에서 9분이 걸리니 다리 한 짝으로 될 일이 아니다. 다리 하나 내주고도 만약 암컷에게 잡아먹히면 그 틈을 노리는 다른 수컷이 있다. 암컷이 수컷을 잡아먹을 동안 짝짓기를 시도한다고 하니 이토록 처절한 종족 번식은 왜소한 수컷에게 너무나도 가혹한 숙명이다. 다른 때도 아니고 짝짓기 중에 먹고 먹히는 이런 상황은 입덧이라고 해도 슬프고 종족을 위한 것이라 해도 서글프다. 이렇게 목숨을 내놓은 수컷으로 해서 거미는 4억 년을 넘게 살아가고 있는 것이겠지. 그나저나 암컷은 샛노랗게 혼인줄까지 쳐서 동네방네 소문은 내놓고 수컷을 잡아먹는 건 무슨 심볼까.

거미줄의 길이

손을 뻗어 거미줄을 죽죽 뽑아서 이 빌딩 저 빌딩으로 옮겨 다니는 스파이더맨. 도대체 스파이더맨은 거미줄을 얼마까지 뽑아낼 수 있을까. 또 거미가 뽑아낼 수 있는 거미줄은 얼마나 될까.

2009년 마다가스카르에서 순수 거미줄로 망토를 만들었다고 한다. 80여 명의 장인들로 4년간 백만 마리의 암컷 황금무당거미를 잡아서 만들었다고 하는데 황금색 거미줄로 만든 망토는 짙은 노란색으로 성인 여자의 키만 큰 컸다. 말이 망토지 가로 3.3m, 세로 1.2m 크기로 롱 드레스와 같았다. 거미줄로 드레스를 만들 정도로 거미줄의 강도는 굵기가 같은 경우에 강철이나 티타늄보다 더 강하다고 한다. 옷을 지어 입어도 쉬 해지진 않겠다.

이 기사에 보면 거미 한 마리당 6시간 동안 24m의 거미줄을 채집했다고 한다. 최소 6시간에 24m는 뽑을 수 있는 것이겠다. 거미가 한 번에 뽑아낼 수 있는 거미줄은 200~300m라고 한다. 길이가 가늠이 되지 않아서 체력장 할 때의 100m 달리기를 생각한다. 참 길다. 그 작은 몸 어디에 이렇게 긴 줄이 숨어 있는 것일까.

거미가 짝짓기를 하면서 수컷을 잡아먹는 이유를 이제는 좀 알 것 같다. 몸 안에 집을 안고 사니 많은 영양분이 필요했겠다. 건강한 몸으로 건강한 알을 낳아야만 했던 거다. 그래야 집도 짓고 알도 낳고 키우며 일가를 이룰 수 있는 거였다. 이 모든 것이 밖에서 오는 것이 아니고 암컷의 몸 안에서만 만들어지니 어쩌지 못하고 수컷이라도 먹어야 했겠지. 던져 주는 수컷의 다리라도 먹으며 짝짓기를 할 수밖에 없었던 암컷의 비애. 암컷도 그러고 싶어서 그랬던 게 아니었다고 저 반짝이는 거미줄을 보며 잠시 암컷 거미의 마음이 되어 본다.

동물들의 아주 은밀한 사생활

거미의 짝짓기 시간이 6~9분이라고 하니까 다른 동물들 교미 시간도 알아보자. 교미 시간으로 볼 때 모기는 3초고 곰은 3분, 코끼리 30초, 고양이는 8초. 이제부터 놀라면 안 된다. 지렁이가 4시간이고 뱀의 경우 무려 23시간이라고 한다. 분이 아니다. 시간이다. 뱀의 수컷은 성기가 두 개라서 길게는 75시간까지 가기도 한다니 왜 사람들이 뱀술을 담그는지 알 것 같다. 아무튼 덩치와는 상관이 없다. 호랑이와 사자는 30초고 황소는 모기와 마찬가지로 3초라고 한다. 황소 기분 좀 나쁘겠다. 그러면 인간은 어떨까. 일반 남성은 거미의 짝짓기 시간과 비슷하다고 한다.
7분 정도라고 한다.

우리의 순교

물놀이를 하다가 코에 물이 들어갔을 때였다. 어찌나
맵던지 눈물 콧물 쏟으며 독립운동은 절대 못하겠단 생
각을 했다. 맹물도 이렇게나 매운데 고춧가루 물은 얼마
나 더 매울까, 생각만으로도 진저리를 치면서. 닫히는 문
에 손가락이 꼈을 때 숨도 크게 쉬지 못하며 순교는 절대
못하겠단 생각이 들었다. 손가락 하나에도 이런데 팔다리
떨어지는 건 어떤 아픔일까. 생각에까지 소름이 돋았더랬
다. 다행히 독립운동할 일이 없고 순교를 시키는 시대가
아님에 안도했다.

암컷 사마귀는 교미 중에 수컷을 잡아먹는 것으로 유
명하다. 교미 중에 암컷이 수컷의 머리를 잘라먹는 동영
상을 보면서 하필 왜 교미 중일까 궁금했다. 사마귀는 머
리가 잘린 후에도 계속 짝짓기를 하는데 이때 더 많은 정
자를 내보낸다고 한다. 죽음에 이르러 종족 번식에 대한
본능이 정점에 달한 것이겠다. 이런 수컷의 생리를 아는
암컷은 질 좋은 정자를 많이 받기 위해 절정의 순간 수컷
의 머리를 오도독 잘라먹는 것이란다. 여기에 또 수컷의
머리는 좋은 단백질이 되어 알을 품어야 하는 암컷에게
엄청난 에너지원이 되어 주기도 한다는데 참 잔인하고도
서늘한 짝짓기가 아닌가.

최근 연구결과 암컷이 수컷을 먹으면 암컷이 낳는 알
의 수가 더욱 많아진다는 것이 밝혀졌다. 수컷에게 방사
성 아미노산을 섭취시킨 뒤 암컷에게 먹히는 무리와 먹히
지 않는 무리로 나눠서 실험을 한 결과, 수컷을 먹은 암컷
의 알에서 다량의 방사능이 검출되었고 알들의 양도 훨씬
많았다. 이로써 수컷 사마귀의 희생으로 암컷 사마귀가
다량의 번식이 가능하다는 게 입증되었다는데 보고 배운

것도 아닌데 모성이란 참 대단하다.

이런 목숨을 건 짝짓기는 사마귀의 일만도 아니다. 수컷 거미 역시 짝짓기 한 번 하려고 눈치를 보다가 스스로 제 다리 하나를 갖다 바치기도 하고 잡아먹히기도 하니 이들에겐 짝짓기가 독립운동이고 순교인 셈이겠다. 코에 물 좀 들어가고 손가락 끼는 일로 고문을 연상하고 지레 벌벌 떠는 나를 보니 암만 너그럽게 생각해도 난 내 손보다 작은 저 생물에 한참 미치지 못하는 덩치만 커다란 생물인 셈이다.

우리에게도 잎이 있어요

　냉장고에 오래 두었던 콩나물 봉지를 발견했다. 버리려고 보니 콩나물에 잎이 돋았다. 콩나물에도 잎이 있었다. 모든 씨앗은 잎을 품고 꽃을 품고 열매를 품고 있는 것을 데쳐 먹고 무쳐 먹고 국 끓여 먹느라 잊고 있었다. 보이지 않으면 없는 것이라 믿었던 거 같다. 잎이 핀 콩나물을 물 컵에 담아 창가에 두었다. 노란색 잎이 연두색으로 변해 가는 것을 보며 매사 성급해지는 나를 다독인다.

컵라면 먹다가

　컵라면에 물을 붓고 성급한 마음에 뚜껑을 열었더니 면발이 채 익지 않아 맛이 덜하더군. 계획하던 일이 도무지 진척이 없어 좌절과 체념을 오갔는데 내가 너무 조급했던 것 같아. 아직은 시간이 좀 더 필요한 건지도 몰라. 컵라면조차도 끓는 물을 붓고도 3분은 기다려야 제맛이 나잖아.

숲에 이는

바람

남향으로 서서

전에 살던 아파트는 서향으로 조금 돌아앉은 남향이었다. 1층이었지만 앞쪽에 건물이 없어서 대체로 집 안이 환했다. 그래도 1층이라서 겨울이 되면 오후엔 옆쪽 건물의 그림자가 햇빛을 가려 거실로 드는 볕이 짧아서 아쉬웠다. 집을 지으면 남으로 창을 내고 싶었고 그렇게 했다. 남향으로 창을 내니 여름엔 창 저만치에 햇볕은 두고 바람만 걸러 들이고 겨울엔 바람은 저만치에 두고 햇빛만 거실 깊숙이 들어왔다. 왜 남향으로 집을 앉히는지 살면서 이해한다고나 할까.

햇빛이 좋은 게 사람만의 일이겠나. 식물도 해의 방향으로 가지를 뻗는다. 마당에 심은 수양벚나무와 벚나무는 남쪽으로 가지가 너무 자랐다. 담 바로 밖으로 전깃줄이 있는데 전깃줄에 닿기 직전이다. 잎이 다 지고 나면 담장 밖 가지는 모두 전지하기로 했다. 국화만 해도 그렇다. 볕이 잘 드는 곳은 꽃도 많이 피고 꽃송이도 크지만 마당 구석에 있는 꽃송이는 아직 벙글지도 않았다.

벚나무는 잎이 거의 다 지고 단풍나무는 붉은빛이 한창이다. 국화는 저희들끼리 뿌리를 뻗어 구석구석에서 꽃을 피우고 있는 11월 중순이다. 초겨울의 마당을 보며 고구마를 먹는데 햇빛이 이마로 쏟아지는데 금세 쪄낸 고구마를 댄 듯 따갑다. 거실 깊숙이 들어온 볕이 발등에 소복하다. 구들에 불을 넣은 듯 따뜻한 거실 바닥에서 몸을 데우며 누구에게랄 것도 없이 미안한 마음이 들었다. 남으로 집을 앉히고 남쪽으로 문을 내고 남향으로 창을 냈지만 나는 어느 생에 무엇인가에 남쪽이었던 적이 있었을까. 나의 생 어느 순간에라도 누군가에게 남향이었던 적이 있었었나.

부끄럽다, 무릎

할머니 무릎에 누우면 옛날이야기 들려주시고
아버지 무릎에 누우면 부채로 더위 식혀 주시고
엄마 무릎에 누우면 귓밥 파 주셨더랬지.
한 분 두 분 가시고 이제 머리 둘 곳 없어지니
매양 무릎에 누울 줄만 알았지.
내 무릎 내어 줄 줄 몰랐던 걸 알았네.
그렇게 한 것도 없는 내 무릎,
뭐 한다고 앉을 때 시리고 일어날 때 결리나.

나의 비막

날다람쥐와 하늘다람쥐는 크기나 생김이 다른데 날다람쥐가 하늘다람쥐보다 조금 더 크다고 한다. 두 다람쥐 모두 야행성으로 주로 밤에 활동을 한다. 앞다리와 뒷다리 사이에 걸쳐 있는 비막으로 나무와 나무 사이를 날아다닐 수 있는데 정확하게 말하자면 비상이 아니리 활공이다. 날아오르지는 못한다는 뜻이다. 다람쥐들이 나무를 바쁘게 오르내릴 때 비막이 있는 애들은 이 나무 저 나무로 유유히 활공하며 높은 곳에 있는 먹이를 쉽게 구할 수 있다. 그러나 올랐던 것은 결국 내려와야 하는 것. 비상하지 못하니 여러 나무를 활공한 뒤엔 결국 땅에 닿게 된다. 땅에 닿았을 때 이때가 문제다. 활공을 할 수 있게 한 비막으로 해서 땅에서는 걷기가 힘들다. 치렁치렁 비막이 땅에 걸려서 제대로 걸을 수가 없다는 것이다. 다시 활공하기 위해선 비막을 휘적거리며 나무 위로 올라가야 한다. 올라가는 건 어디 쉬운 일인가. 활공할 땐 무기였던 비막이 나무를 오를 땐 극복해야 할 십자가가 된다. 그러나 어쩌겠는가. 힘들어도 그렇게 올라야만 다시 활공할 수 있는 것을. 나는 어떤 비막을 가지고 있을까.

쓴맛 깊은 곳에

숲 선생으로 숲에 있으면 사람들이 무섭다. 사람들이 무섭다기보다는 사람들의 질문이 무섭다. 아는 것이 없는데 자꾸 이게 뭐냐, 얘는 누구냐 물으면 피가 다 빠지는 것처럼 얼굴이 저릿저릿해지고 등은 서늘해진다. 숲 공부를 할 때에는 나무나 열매 이름을 아는 것이 중요한 것이 아니라고 배웠지만 현장인 숲에 서면 나무나 열매 이름을 아는 것이 전부일 때도 있다. 적어도 질문을 받으면 세 개 중 하나는 답을 줘야 할 것 아닌가. 노란 것은 민들레꽃, 붉은 것은 동백꽃, 하얀 것은 목련꽃 정도만 알고 숲 공부를 했으니 내가 가야 할 길이 얼마나 멀고 험했겠나. 자격증을 따고 처음 일을 할 때였다. 양산의 가촌 유아숲 체험원을 샅샅이 누비며 근처에 있는 식물들 이름을 외우기 시작했다. 외우면 뭐 하나. 그 나무가 그 나무고 그 풀이 그 풀인 것을. 사진을 찍고 이름을 외우며 가촌 유아숲 체험원이 있던 디자인센터를 수없이 걸었던 숲 선생으로서의 나의 처음은 지금 생각해도 눈물겹다.

모르는 것은 모른다고 거침없이 말하는 뻔뻔함이 있었고 돌아서서 그 뻔뻔함을 미안해하는 반성이 있어서 이제 씀바귀와 뽀리뱅이와 고들빼기를 구분하게 되었다. 남들은 이미 다 아는 것들이었다 해도 노란꽃은 민들레가 전부였던 나로서는 큰 발전이겠다.

씀바귀, 뽀리뱅이, 고들빼기 이 삼총사. 소금물에 담아 쓴 물을 우려내야 먹을 수 있을 만큼 뿌리부터 줄기까지 어느 것 하나 쓰지 않은 것 없는 것 같지만 노란 꽃 깊은 곳에 달콤한 꿀이 가득하다. 우리 인생이라고 크게 다르겠나. 생의 전부가 쓴맛 나는 시간인 거 같아도 꿀처럼 달

큼한 것 하나쯤은 깊은 어딘가에 숨어 있지 않을까. 그걸 알기에 어떠한 순간도 버티고 견뎌 내며 살아 내고 있는 거겠다. 겨우 씀바귀, 뽀리뱅이, 고들빼기 구분으로 숲 선 생으로서의 나의 쓴맛을 뺐다는 건 아니다.

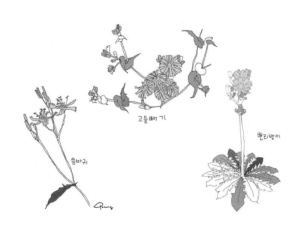

너, 봄

마당에 능수복숭아나무가 두 그루 있다. 나란히 서 있
는 두 그루 중에 한 나무에서 한 송이가 먼저 부풀어 올랐
다. 진홍 물방울처럼 매달린 꽃송이를 보며 기다린 지 한
참이다. 하마나 하마나 기다려도 피지 않더니 오늘 우르
르 함께 피었다. 같이 피려고 기다렸던가 보다. 그래, 혼
자 핀다고 봄이겠나. 다 같이 피어야 봄이겠지. 내 애만
태우려고 그러는 줄 알았더니 그런 다정한 마음이 있었
네. 나만 봄을 모르고 있었구나.

잎사귀도 하는 배려

'라피도포라'라는 식물이 있다. 열대식물인데 요즘은 실내 공기정화 식물로 사랑받고 있는 거 같다. 라피도포라는 덩굴식물이다. 벽이나 기둥을 타고 올라가는 습성으로 해서 잎사귀가 켜켜이 쌓이듯 자라는 게 문제라고나 할까. 식물이란 빛을 받고 자라는 탓에 잎사귀 위에 잎사귀가 자라면 아래쪽은 햇빛을 받기가 어렵다. 해서 이 식물은 제 잎사귀에 구멍을 크게 뚫기에 이른다. 크게 뚫린 구멍 사이로 햇빛이 새어 들어 아래쪽 잎에도 햇빛이 들게 하려는 의도라고 한다.

이름도 생소한 라피도포라만 그런 것은 아니다. 우리가 흔하게 보는 은행잎 또한 그렇다는데 은행잎은 짧은 가지에 세 개에서 다섯 개의 잎이 매달려 있다. 이 다섯 장의 잎은 그 크기가 제각각 다르다. 크기만 다른 게 아니고 모양도 다르다. 제일 위쪽의 잎이 제일 작으면서도 잎이 갈라져 있다. 아래쪽으로 갈수록 잎의 크기가 큰데 이 역시 햇빛 때문이라고 한다. 위쪽의 잎이 크면 아래쪽 잎에는 햇빛이 닿지 않기에 위쪽 잎은 스스로 잎의 크기를 작게 하고 갈라지게 하여 아래쪽으로 햇빛이 많이 들어가도록 한다는 것이다.

잎에 난 구멍일 뿐이고 잎사귀의 모양과 크기가 제각각 다른 것이라 해도 할 말은 없겠다. 라피도포라에게 물어본 것도 아니고 은행나무에게 답을 들은 것도 아니라서 정말 그런 이유 때문인지는 알 수가 없지만 은행잎을 볼 때마다 어쩐지 부끄러워지곤 한다. 내 것을 먼저 챙기고 손해 보기 싫어서 부르르 마음이 떨릴 때에는 나도 모르게 아아 이 은행잎만도 못한 인간아 자각하게 되는 것이다. 숲에서 많은 시간을 보내고 있으니 저 잎사귀들에게 만큼은 부끄럽지 않고 싶다.

연가시의 한살이

밀양역에서 기차를 기다리던 중이었다. 발 앞에 사마귀가 있어서 보다가 깜짝 놀랐다. 사마귀 꼬리 부분에서 시커먼 물체가 구불텅구불텅 나오고 있었다. 어찌나 시커멓고 굵던지 물체가 나올 때마다 사마귀 몸이 사정없이 흔들렸다. 시커먼 물체는 연가시였다. 하얗고 라면처럼 고불고불 말려 있는 연가시는 몇 번 봤었지만 이렇게 시커멓게 굵은 연가시는 처음이었다. 사마귀 몸에서 다 빠져나온 연가시는 온몸을 뒤척이며 기었는데 마치 철사처럼 보였다. 숲 선생님 중에는 연가시를 손바닥에 올려놓고 관찰하는 분들도 있던데 나는 보는 것만으로도 소름이 끼쳐 뒷걸음을 쳤다.

모든 기생충은 혐오스럽지만 유독 연가시가 더 그랬던 건 〈연가시〉란 영화 영향인 거 같다. 나 역시 연가시를 모를 땐 영화의 내용을 그대로 믿어 한동안 물가가 두려웠었다. 연가시는 숙주의 내장에 붙어서 자란다고 한다. 그렇게 성장을 하다가 번식 때가 되면 숙주를 물로 가도록 조정하고 물속에서 번식을 하게 된다. 꼭 물속이 아니라도 곤충의 항문을 통해 밖으로 빠져나오기도 하는데 내가 봤던 게 그 순간이었다. 안타까운 건 연가시는 햇빛에서는 얼마 살지를 못한다는 것이다. 말라 죽는 것이다.

연가시의 길이는 보통 10~15cm이지만 긴 것은 90cm에서 2m까지 자라는 것도 있다고 한다. 여치나 사마귀의 작은 몸 안에 어떻게 저렇게 긴 것들이 살고 있는지 놀랍기만 하다. 연가시가 처음부터 저렇게 긴 몸으로 곤충의 몸속으로 들어간 것은 아니다. 짝짓기로 알을 낳는데 수백 개에서 최대 수천 개까지 낳는다고 한다. 물속에서 알은 유충이 되고 이 유충을 물가에 사는 장구벌레나 곤충 유충들에게 먹힌 후 포낭으로 성장하게 된다. 곤충 유충의 장세포에서 포낭 상태로 지내다가 곤충이 성체로 자랄 때까지 기다린다. 성충이 된 곤충들이 여치나 사마귀, 곱 등이 등에 먹히면 그 곤충들의 내장에 붙어서 자라게 된다. 연가시는 이후 자기가 필요한 때가 되면 숙주를 조정해 물에 빠지게 한 후 나오게 되고 물속으로 나온 연가시는 짝짓기를 하고 알을 낳는다. 이렇게 한살이가 완성이 된다.

생긴 것이나 살아가는 방법이 몹시 혐오스럽지만 연가시는 일급수에만 산다고 한다. 내가 봤던 것도 대운산의 계곡이나 기장의 깊은 골짜기 물에서였다. 사는 곳이 일급수든 오염수든 물에 둥둥 떠다니는 것도 징그러운데 사마귀 꽁지에서 막 빠져나오는 걸 보니 이보다 더 혐오스러운 장면이 또 있을까 싶다. 죽어 가는 사마귀 옆에서 이쪽저쪽으로 몸을 뒤척이는 시커먼 연가시도 오래 살 거 같지가 않았다. 아래로는 철로였고 물은 어디에도 없었다. 햇빛이 내리쬐고 있었지만 연가시를 집어서 그늘로 옮겨 줄 만한 사람도 보이지 않았다.

　연가시는 곤충의 몸속에서만 기생할 수 있다고 한다. 연가시를 모를 땐 메뚜기나 여치를 덥석덥석 잡았었는데 연가시의 숙주인 걸 알고는 집으려고 손이 가다가도 멈칫한다. 곱등이야 말해 뭘 해. 곱등이는 보는 것만으로도 몸서리가 쳐진다. 메뚜기, 곱등이가 무슨 죄라고. 숙주의 내장에서 얌체같이 영양분을 먹으며 편안하게 산다고 말은 쉽지만 연가시도 할 말은 좀 있을 거 같다. 유충일 때 곤충에게 먹히면 다행이지만 개구리나 물고기에 잡아먹히면 그대로 끝이다. 또 곤충에 먹혔더라도 숙주의 소화액을 견뎌 내야 하고 뜻하지 않게 저렇게 물기 하나 없는 한낮에 밖으로 나올 때도 있으니 기생충의 생도 그리 녹녹한 건 아닌 거 같다. 공생은 서로 맞춰 가야 하는 문제가 쉽지 않고 기생 또한 숙주의 모든 것을 견뎌 내야 하니, 사는 건 길고 외로운 혼자만의 싸움인 것 같다.

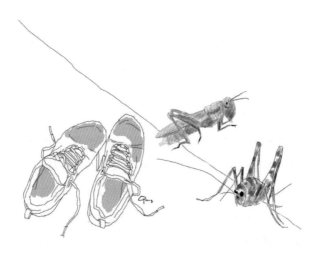

나무처럼

오래전 드라마 〈겨울연가〉에서 어린 은서는 다시 태어나면 '나무'가 되고 싶다고 했다. 영아 때 부모가 바뀌어 자라서 친부모를 찾아가게 되는데 그때의 표현할 수 없는 복잡하고 아픈 마음을 그렇게 표현한 것이다. 나무란 한 번 뿌리를 내리면 다시 자리를 옮길 일이 없을 것이라 생각했기 때문이 아니었을까.

3년 전에 집을 짓고 이사한 집 뒤쪽에 커다란 느티나무가 있었다. 생의 후반기를 보낼 곳을 찾아다닐 때 이곳에

터를 잡자고 결정을 한 것엔 이 느티나무도 한몫을 했던 터였다. 마을에서 나고 70 평생을 살았다는 이장님 댁도 느티나무를 보고 자랐다고 했다. 수령이 150년이라니 200년이라니 말이 많았지만 정확하게 아는 마을 분은 만나지 못했다.

나무에는 온갖 새들이 모여들었다. 나무에 어디 새뿐이었을까. 단풍이 들면 가을이 깊어진 것이다. 낙엽이 다 떨어지면 겨울이 온 것이다. 새순이 막 돋아 옅은 안개가 낀 것 같으면 봄이 온 것이고 그 많은 새들이 보이지 않을 정도로 잎이 무성하면 창창한 여름 한가운덴 것이다. 느티나무로 계절이 지나는 걸 실감했다. 나만 그랬을까. 지나는 사람마다 한 번씩 나무를 올려다봤다. 마을의 상징이었다. 이 나무가 며칠 전 주말에 베어졌다. 느티나무 옆쪽으로 공터가 있었는데 땅을 보러 사람들이 드나들더니 팔렸던 것일까.

나무가 너무 컸던 탓에 포클레인이 오고 크레인이 왔고 덤프트럭까지 왔다. 전기톱으로 잔가지를 먼저 치고 굵은 가지를 잘라냈다. 포클레인으로 땅을 파고 드러난 뿌리를 도끼로 내려찍었다. 아침 일찍 시작한 작업은 늦은 점심을 먹고 나서야 뿌리를 온전히 드러내고 옆으로 길게 쓰러지게 했다. 크레인으로 나무를 들어 올려 덤프 트럭에 싣기까지 동네 사람뿐 아니라 지나는 사람들의 탄식이 이어졌다. 나의 서운함이야 말해 무엇 하랴.

느티나무는 오래 사는 나무다. 화려한 꽃을 피우거나 크고 달콤한 열매를 만들지는 않지만 나뭇가지를 넓게 뻗고 잎이 무성해서 오래전부터 동네의 정자나무로 많이 심어졌다. 봄에 첫 번째 잎을 만들고 여름에 두 번째 잎을 만들어 무성한 잎으로 광합성을 많이 하니 성장이 빠르다. 궁이나 사찰의 기둥 등 건축자재로 많이 쓰일 만큼 목재가 결이 곱고 탄탄하다. 변함이 없이 한결같고 든든한 사람을 두고 느티나무 같다는 말도 그래서겠다. 그러나 오래 자란 나무도 사람은 견뎌 낼 수 없었던 것이다. 하루 만에 나무는 뿌리가 잘리고 통째로 뽑혀 버렸다.

드라마 속 어린 은서가 생각하는 나무가 나의 나무이기도 하다. 한 번 뿌리를 내리면 이롭다 다가서지 않고 해롭다 멀어지지 않는 것, 처음 선 자리에서 햇빛과 물만 있으면 제 몫으로만 생을 살아 내는 것, 그게 내가 생각하는 나무다. 나무는 그러한데 사람은 그렇지 못해서 기어이 나무를 파내고 옮기기에 이르렀다.

　나무가 뽑힌 자리엔 집을 짓는다고 한다. 어떤 집이 지어질까. 나무는 멀리 충청도로 간다고 했다. 뿌리를 너무 많이 잘라 내서 걱정이긴 하지만 수백 년을 살아온 나무의 힘을 믿는다. 나무의 새로운 터가 다시 옮겨질 자리는 아니었으면 좋겠다.

백 년도 못 살면서 우리는,

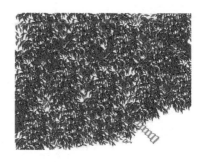

나무가 어디 터를 보고 뿌리를 내리던가. 싫다고 물러서지 않고 이롭다 다가서지 않으면서 제 선 자리가 세상의 전부인 양 묵묵히 살아 내는데 그게 백 년도 가고 천 년도 가고 하는 모양이더군.

3년

아버지 돌아가시고 한동안은 지하철을 타지 못했다. 어느 날 지하철 맞은편에 앉은 백발의 노인을 보고 그만 왈칵 눈물이 쏟아졌다. 건널목에서 신호등의 초록불을 기다리다가도 건너편의 노인을 보고는 또 울었다. 이렇게 시시때때로 아버지에 대한 그리움으로 우는 일이 많았고 조금 더 다정하지 못했던 것에 대한 깊은 회한으로 우울한 시간을 살았었다. 먼저 어머니를 떠나보낸 지인이 3년 지나니 조금씩 괜찮아지더라며 3년만 잘 견뎌 보라 위로했다.

옛날엔 부모가 돌아가시면 자식이 탈상을 할 때까지 3년 동안 묘 근처에 움막을 짓고 산소를 돌보며 시묘살이를 했다. 유교 문화의 장례 방식 중 하나다. 그런데 왜 3년일까. 부모의 3년 상이 길다며 1년으로 하면 좋겠다는 제자 재아에게 공자가 말씀하시길 자식은 태어나 3년은 지나야 부모 품에서 벗어날 수 있으니 부모를 위해 3년 상을 치르는 건 상례인 것이다. 재아도 태어나서 3년 동안 부모에게서 사랑을 받지 않았느냐고 했다. 3년 상이란 장례문화는 중국에서도 있었던 모양이다. 부모 품에서 있었던 3년이 3년 상의 처음이 되는 걸까.

10여 년 전에 막걸리 기행을 한다고 전국을 다닌 적이 있었다. 흘러 흘러 청산도까지 갔었는데 청산도에서 초분을 만났다. 아래에 나무와 돌로 받침을 하고 그 위에 짚으로 엮은 이엉을 덮어 둔 움집 비슷한 것을 만났는데 그게 궁금해서 동네 어르신께 여쭤보니 초분이라고 했다. 초분은 일종의 무덤으로 시신을 땅에 바로 묻지 않고 관을 땅위에 올려놓은 뒤 짚, 풀 등으로 엮은 이엉을 덮어 두었다가 3~4년 후 뼈를 골라 땅에 묻는 섬 지역의 장례 방식이다. 딱히 지역관광을 위해 따로 만들어 둔 것 같진 않았다. 짚으로 만든 이엉이 오래되지 않은 것 같아서 언제 만들어진 것이냐 물으니 얼마 전에 초상이 났는갑소 하면서 지금도 옛 방식을 원하는 노인들이 있다고 했다. 왜 3년인가요? 여쭸더니 3년이면 몸의 물도 피도 다 빠지고 살도 모두 썩어서 뼈만 남는단다. 자연에 맡기고 가만두어도 3년이면 뼈만 오롯하게 남는 것이다. 죽음으로 사람의 한 생애가 완성이 된다고 믿었는데 더는 버리고 싶어도 버릴 것이 없는 죽음 3년 후가 한 생애의 완성이었던가 보다. 처음 왔던 곳으로 돌려줄 것 다 돌려준 후 완성되는 사람의 한살이.

3년이면 깊은 회한도 삭고 보고픈 마음도 흐릿해지는 것인지 정말이지 3년이 지나고는 길을 가다가 우는 일은 없어졌다. 아버지 가신 지 올해로 8년이 된 지금은 그저 추억과 그리움만 희고 단단한 뼈처럼 남아 있다.

탈피

가까운 지인이 아프다. 어디 손을 쓸 수 없을 만큼이라 병원에서도 수술조차 권하지 않는 모양이다. 안부 묻기도 조심스러운 나날이다. 이럴 땐 사람도 곤충처럼 탈피를 하면 얼마나 좋을까.

일본의 요이치 유사 교수 연구진이 '갯민숭달팽이가 스스로 목을 자르고 나중에 머리에서 다시 몸이 재생되는 모습을 확인했다'고 밝혔다. 원래 광합성 능력을 연구하기 위해 갯민숭달팽이를 실험실에서 키웠는데 달팽이들이 머리가 몸통과 분리된 상태에서도 먹이를 먹으며 움직였다고 한다. 심지어 1~3주가 지나서는 심장과 몸통이 다시 자랐다고 하는데 달팽이가 스스로 목을 자른 이유는 물벼룩 같은 기생충에 감염이 되었을 때 기생충을 떨쳐내려는 목적이었단다. 기생충을 없애기엔 너무 대가가 크지만 몸이 다시 자라나는 걸 알았기에 단호하게 잘라 냈던 걸까. 아무튼 머리만 남은 상태에서 사는 것도 놀라운데 몸통이 다시 자라난다니 그저 경이로울 뿐이다.

곤충은 외골격이다. 뼈가 없어서 껍질이 골격을 대신하는데 껍질의 크기가 정해져 있기 때문에 계속 클 수가 없다. 그래서 일정한 시기가 되면 탈피를 하게 되는데 탈피 후에는 크기도 달라지지만 없어진 다리가 새로 생겨나기도 한다고 한다. 많게는 20번 탈피를 한다는 거미의 경우도 탈피를 하는 과정에서 다리가 떨어져 나가기도 하지만 탈피 후 회복이 된다고 한다. 탈피로 새로 얻게 된 다리가 이전처럼 완벽하지 않을 때도 있지만 어쨌든 많이 회복된 상태가 된다고 한다.

사람도 탈피할 수 있다면 신체 부위 어디 하나 짧거나 없어지는 것쯤이야 감내할 수 있겠다. 우리 일생을 두고 탈피라야 그저 젖니 빠지고 영구치를 얻는 치아가 유일하다. 건강 상태가 회복하기 힘들어 절망적일 때는 다섯 번이니 일곱 번이니 아홉 번도 한다는 저 곤충들의 탈피가 그지없이 부럽다. 몸통이 다시 자란다는 달팽이야 말해 무엇 하랴.

누구냐, 너는

아주 오래전에 알던 한 사람은 사람들과 함께 있으면 해서는 안 될 말까지 다 하게 된다며 자신의 입을 찢고 싶다고 했다. 매번 후회하고 반성을 하면서도 달라지지 않았고 유난히 말이 많았던 날은 내게 전화를 걸어와 입을 찢고 싶다는 말을 했었다. 그러다가 그는 정말 큰 구설에 휩싸였고 그 구설로 해서 아주 멀리 휩쓸려 갔다. 이후 지금까지 연락두절 상태로 지내고 있다. 종종 생각한다. 자책할 때마다 누구나 다 그런 실수를 한다며 다독이지 말고 그래 입을 찢자고 했더라면 그런 화는 면했을까. 그게 남의 일이 아니다. 요즘은 내 입을 찢고 싶다.

　나이 들면 입은 닫고 지갑을 열라는 고린내 나는 우스
개가 있는데 내가 돈이 없어 지갑을 못 열어서 그런지 매
번 입이 먼저 열리곤 한다. 말이란 게 좋은 말만 해도 지겨
운 걸 좋은 말만 했을 리 만무라. 그걸 알기에 사람들을 만
나고 오면 왜 귀는 닫고 입만 열었는지 후회하고 자책하
다가 외출을 하지 말자는 다짐까지 하게 된다. 문제는 전
화기가 있다는 거다. 무제한 통화로 안 해도 되는 말, 안
해야 좋을 말, 해서는 안 될 말까지 하게 된다. 전화를 끊
고 나선 정말이지 내 입을 찢고 싶어진다. 오래전에 알았
던 그 사람도 이런 마음이었을까. 내 안에 나 말고 내 의지
를 무력하게 만드는 다른 게 들어 있는 거 같다.

　북미와 유럽 인근에 서식하는 레우코클로리디움 파라
독섬*Leucochloridium paradoxum*이라는 달팽이 기생충이 있다.
이 기생충은 달팽이 몸을 숙주로 삼다가 번식기가 되면
새에게로 옮겨 가는데 새와의 접촉을 용이하게 하기 위해
서 달팽이를 조종하게 된다. 달팽이는 건조하면 몸속의

수분이 말라 위험해지는데도 잘 보이는 나뭇가지 꼭대기로 자꾸만 자꾸만 올라간다. 달팽이 기생충이 올라가게끔 유도하는 것이라고 한다. 기생충은 달팽이의 눈에 기생을 하면서 신경을 교란하고 촉각을 비대화시킨 후 새가 잘 볼 수 있게 화려하고 색대비가 좋게 변화시킨다. 이때 하늘을 날던 새가 달팽이를 발견해서 잡아먹게 되고 기생충은 새의 몸에서 번식을 하고 개체 수를 늘리게 된다.

가시고기는 새 촌충에 감염이 되면 수면 위로 올라온다고 한다. 새에게 잡아먹히게 하려고 기생충이 조종을 하는 것이란다. 창형흡충은 개미를 숙주로 삼는다. 소나 양이 최종 숙주인데 문제는 소나 양은 개미를 먹지 않기 때문에 이 기생충은 개미를 풀 위로 올라가게 만든다고 한다. 이유도 모르고 풀 위로 올라간 개미는 소와 양이 풀을 먹을 때 같이 잡아먹히는 것이다.

내 안에 나 모르는 무언가가 있는 게 분명하다. 나를 숙주로 삼아 해서는 안 될 말까지 하게 만들어 어디로 가려는 것일까.

10분

　남의 말 않고 10분을 보내 본 적 있었나, 거짓 없이 10분을 견뎌 본 적 있었나. 후회 없이 10분을 살아 본 적 있었나, 잡념 없이 10분 동안 기도한 적 있었나. 밥 한 그릇 먹기에도 모자란 겨우 그 10분이 내 소리를 죽이고 마음을 비우기엔 너무나도 긴 시간이었습니다.

독에도 있는 유통기한

언젠가 밀양 통도사를 지나는데 근처 감자밭에 때마침 꽃이 하얗게 피었다. 그렇게 넓은 감자밭도 처음이었지만 하얗게 핀 감자 꽃도 처음이었다. 감자 싹에는 솔라닌이란 독이 있지만 싹이 난 부분을 잘라 밭에 심어 두면 촉이 돋고 저렇듯 꽃이 피고 주렁주렁 감자가 열린다.

아주 오래전에 옆집에 사는 어떤 사람이 죽으려고 쥐약을 먹었는데 많이 먹었지만 약이 오래된 거라 죽진 않고 반병신되었다며 엄마는 나무람과 연민과 안타까움이

뒤섞인 말투로 말씀하셨는데 그땐 엄마가 농담하시는 줄 알았다. 독이 오래된 거라니. 쥐약에 유통기한이 있다는 걸 최근에 알았다. 주택으로 이사를 하고 밭으로 이어지는 뒤란으로 쥐가 드나드는 걸 봤다. 바로 인터넷 쇼핑몰에서 쥐약 주문을 하는데 유통기한이 크게 쓰여 있었다. 엄마의 말씀이 농담이 아니었던 거다.

어쨌든 감자의 독도 오래 두니 꽃이 되고 열매를 맺는다. 쥐약에도 유통기한이 있다니 독도 시간이 지나면 순해진다는 것이겠지. 미운 사람 돌아보지 않고 한 번 싫으면 끝까지 가고 꽁하게 똬리 튼 마음엔 유통기한도 없다. 그러니 어찌 싹이 돋으랴, 꽃이 피랴. 내 어쩌다가 독보다 독하게 지금에 이르렀는지 모르겠다. 독도 놀라겠네. 그래서 쥐약 유통기한이 얼마였었냐고? 제조일로부터 36개월이라고 한다.

외롭고도 쓸쓸한

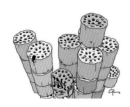

얼마나 속이 뜨거우면 저런 꽃이 피는 걸까.

대문간에 한 그루 홍매화.

엄동에 홀로 피어 겨울을 살더니

지난밤 소리도 없이 졌네.

매화나무 아래가 붉게 흥건하네.

봄이 올 모양이야.

곧 천지간에 꽃들이 다투어 피겠어.

이렇게 봄을 위해 지는 꽃도 있네.

내가 버드나무가 될 필요는 없다

말을 잘하는 사람과 있으면 편안하다. 말이 많은 사람
도 괜찮다. 몇 명 되지 않은 인원이 모인 자리에서는 수다
스러운 사람이 있으면 더없이 마음이 편안하다. 참 곤란
한 건 별로 친하지 않은 사람들이 서로 말없이 있는 자리
다. 누가 내게 뭐라고 하는 것도 아닌데 입이 마르고 침을
삼키면 침이 넘어가는 소리까지 다 들리는 거 같아서 여
간 불편한 게 아니다. 이런 침묵이 다 내 탓인 것만 같고
숨 막히는 어색한 분위기를 깨야 할 것만 같은 책임감에
말을 하게 될 때가 있다. 내가 나이가 제일 많을 때가 대체

로 그런 순간이었던 거 같다. 이런 분위기에 떠밀려 하게
되는 말이란 두서가 없고 일관성 없이 우왕좌왕하게 된
다. 말을 하면서도 대체 내가 지금 무슨 말을 하고 있는 거
야 싶은 순간부터 마무리를 짓지 못한 말은 삼천포로 빠
져서 돌아올 길을 잃고는 만다. 이런 날은 집에 돌아오는
내내 자책하고 후회하며 잠을 이루지 못하게 된다. 아니
도대체 이렇게 후회하고 괴로워하면서 왜 매번 침묵을 견
디지 못하고 해결하려고 하는 것일까. 마치 그것이 내 탓
이고 자연스런 분위기 조성이 내 몫인 양 말이다. 말을 재
미있게 하는 재주가 있는 것도 아니면서, 내가 무슨 버드
나무도 아니고.

버드나무 아래에서 쉬지 말라는 말이 있다. 버드나무
의 수액은 몹시 달콤하다. 달기로는 벚나무도 빠지지 않
지만 버드나무에 많은 곤충이 모이는 건 달달한 수액 때
문만은 아니라고 한다. 곤충이 수액을 먹으면 버드나무는
더 많은 잎을 내기 위해 열심히 광합성을 한다고 한다. 광
합성으로 인해 뿌리에서 수액을 끌어올리고 잎이 많아지
니 곤충들이 더 모여드는 것이다. 먹을 것이 많으니 곤충

들도 모여들고 이 곤충을 먹으려고 새들도 날아든다. 소문난 맛집인 셈이다. 그러니 버드나무 아래 기대어 앉으면 이름 모를 온갖 곤충들이 기어오르고 그러다가 새똥을 맞기 십상이라 고향에선 어른들이 버드나무 아래 앉지 말라는 말씀을 하셨던 것이겠다.

　모르는 사이면 차라리 마음이 편한데 친한 것도 아니고 그렇다고 모르는 사이도 아닌 애매한 관계의 사람과 만나는 일은 참으로 서먹하지만 이제 이런 서먹한 분위기, 그냥 두기로 했다. 그런 분위기를 내가 책임질 필요는 없다. 모두에게 친절할 필요도 없다. 때론 불친절해도 아무도 모른다. 애매한 관계에 친절하기보다는 나에게 먼저 친절하기로 했다. 그렇게 해도 아무도 뭐라 하지 않는다. 아무런 일도 일어나지 않는다. 버드나무가 아니라도 곤충들이 먹을 건 많으니까.

반딧불이

앉았다가 일어나거나 눈을 비비고 나면 눈앞에 반짝이는 빛이 날아다녔다. 반딧불이 무리 속에 갇힌 것 같았다. 빛에 꼬리가 달린 것처럼 날며 눈으로도 손으로도 잡히지 않던 수많은 빛은 그러다가 한순간에 사라지곤 했다. 중학교 다닐 때였다. 그것이 빈혈로 인한 증상인 것을 한참 지나서야 알게 되었다. 그때 성당에서 〈파티마의 기적〉이란 영화를 보고 영화와 신앙심에 푹 빠져 있을 때라서 이건 혹시 영화에서처럼 신이 내게 보내는 어떤 기적 같은 것 아닐까 싶어서 두려움과 설렘으로 여러 날 고민을 했었다. 어느 날 아무래도 수녀가 되어야 할 것 같다고 친구에게 조심스럽게 말했더니 친구가 등을 탁 치면서 너 순대 간 좀 먹어야겠다면서 시장 좌판에서 참고서 살 돈으로 순대를 한 접시 사 줬었다. 퍽퍽한 순대 간을 먹으면서 상서로운 기적과 빈혈의 엄청난 괴리에 창피했었고 한편으로 뭔가 소중한 것을 잃은 것 같아서 서운하기도 했었다. 잃은 것 같았던 이 소중한 것을 되찾았다.

해운대구 주체로 반딧불이 관찰 행사가 9월 초에 장산에서 열리게 되었다. 장산 안쪽에 26,538평방미터의 습지가 있는데 부산에서는 가장 규모가 큰 산지습지다. 멸종위기종인 자주땅귀개, 끈끈이주걱, 이삭귀개, 꽃창포 등 희귀식물도 있고 우리나라 고유종 가운데서 멸종위기종으로 특별관리 중인 설앵초가 무리 지어 살고 있다. 행사한 주를 앞두고 사전답사도 다녀왔었는데 태풍으로 인해서 행사가 취소되었다. 행사는 취소되었지만 아쉬운 마음에 몇 분과 함께 장산에 올랐다. 장산으로 오르는 길에 일곱 살 은설이가 묻는다. 반딧불이 애벌레는 뭐예요?

반딧불이는 개똥벌레라고도 불린다. 왜 개똥벌레라고 부르게 되었을까. 옛날엔 마당 한쪽에 거름터가 있었다. 짚을 쌓아 두고는 설거지를 끝낸 구정물을 버리고 아궁이 재도 버렸다. 남자들은 애 어른 할 거 없이 거기에 소변을 눴고 여자들도 어슴한 저녁부턴 화장실보다는 거름터 한쪽에서 볼일을 보곤 했었다. 음식 찌꺼기와 더불어 그렇게 짚은 발효가 되고 어느 정도 되었다 싶을 때 거두어 밭이나 논에 뿌렸었다. 달리 거름으로 쓸 게 없었던 시절엔 좋은 거름이었다. 그래서 손님으로 놀러 가서 대소변을 보고 오면 그 집이 부자가 된다고 화장실을 쓰고 오는 풍습도 결국은 달리 거름으로 쓸 것이 없었던 시절의 보시였겠다.

이렇게 적당한 습기와 발효가 되면서 내는 온도는 지렁이나 달팽이가 살기에 아주 적당한 장소였을 테고 달팽이를 먹고 사는 반딧불이에겐 더없이 좋은 사냥의 터가 아니었겠나. 1급수에만 산다는 반딧불이와 거름터는 어울리지 않지만 옛날엔 어느 물이라도 1급수였고 어느 곳이든 청정지역이었으니 여름에 해가 지면 어디에서라도 반딧불이를 볼 수 있었다. 반딧불이 애벌레는 애벌레도 빛을 내기 때문에 거름터에서 빛을 내는 반딧불이를 보며 개똥벌레라고 명명했던 것이 아닐까.

반딧불이는 성충뿐 아니라 애벌레, 번데기였을 때도 불빛을 낸다. 이 부분에서 의구심이 든다. 엄지손톱만 한 반딧불이가 천적을 피해 숨어도 모자랄 판에 불빛을 내며 그것도 나긋나긋 어둠 속을 난다니 겁이 없다. 아니면 밤이라 천적이 없다고 생각했을까. 반딧불이에겐 루시부파틴이라는 독성분이 있다고 한다. 독성분이 강해서 먹으면 큰일 난다는 걸 알아서 야간 곤충이나 새들은 반딧불이를 먹지 않는다. 그래서 움직일 수 없는 번데기조차 빛을 반짝이며 존재감을 드러내는 모양이다. 그렇다고 모든 반딧불이가 루시부파틴이라는 독성분을 가지고 있는 것은 아니라는데 포투리스*Photuris* 속 반딧불이는 독성이 없다고 한다. 아이스너 박사의 연구에 의하면 포투리스 속 반딧불이 암컷은 다른 종 수컷을 잡아먹고 그 수컷의 독성을 몸에 저장한다고 한다. 어째서 독성분을 먹느냐고? 암컷이 알을 낳으면 알에도 독성분이 묻어 있어서 알을 보호할 수 있기 때문이라는데, 곤충이든 인간이든 새끼에 대한 열망만은 어쩔 수 없는가 보다.

반딧불이 암컷 하나에 수컷 40~50마리 비율이라고 한다. 그런 이유로 수컷은 모든 수단을 동원해서 암컷에게 선택이 되어야 하는 것이다. 암컷이 수컷을 선택하는 기준은 무엇일까, 수컷의 발광이다. 수컷의 빛의 밝기는 정자의 건강을 상징하는 것이라서 암컷이 발광하는 수많은 수컷을 찬찬히 눈여겨보다가 가장 실해 보이는 수컷을 선택하게 된다. 영양분의 양과 질에 따라 알의 수가 달라진다고 하니 암컷으로서도 수컷을 대충 선택할 수는 없는 노릇이었을 테고 그걸 아는 수컷은 열정적으로 빛을 발하는 수밖에 없겠다. 이렇게 열렬한 구애도 모두가 보름 동안의 인생이다. 보름이라는 시한부 생을 살기에 더 반짝이는 것일지도 모르겠다.

어두운 습지엔 반딧불이가 한창이었다. 어린 시절의 현기증처럼 많은 빛은 아니었지만 불빛이 반짝였던 까닭이었을까. 잃었다고 생각했던 어떤 소중한 것을 다시 찾은 기분이었다. 어린 시절의 나는 사소한 기적에 예민했고 진지하게 생각했고 뭐든 오래 고민했었던 거 같다. 가능성 없는 거 같았던 꿈일지라도 입 밖으로 내진 않았지만 마음에서 내려놓은 적도 없었다. 뭐든 허투루 취급하지 않았고 친구들에게도 지금과는 다르게 다정했던 거 같았는데 지금의 내겐 거의 없는 것들이다. 살면서 잃었다고 생각하는 것들은 잃은 것이 아니라 잊은 것일지도 모르겠다. 반딧불이로 해서 잊고 있었던 어린 시절의 나를 만났다. 어쩌면 이전보다 조금 괜찮은 어른이 될 수도 있겠다며 어지럽게 날아다니는 반딧불이를 보며 희망을 가졌다. 유혹의 빛이든 밤을 밝히는 빛이든 내 안에 불 하나 켜지 못하는, 저 반딧불이만도 못한 생이라는 자조조차도 아름다운 밤이었다.

내가 품고 있는 희망

결혼 초기엔 엄마가 늘 남편에게 추어탕을 해 주셨다. 추어탕은 남편이 좋아하던 음식이었고 그 시절엔 미꾸라지 구하기가 어렵지 않아서 자주 추어탕이 상에 올랐었다.

엄마는 미꾸라지를 만지지 못하신다. 시위가 추어탕을 좋아하니 어쩔 수 없이 미꾸라지를 만지셨던 것이다. 미꾸라지에 소금을 뿌리고 몸을 뒤틀며 거품을 쏟아 낼 때 엄만 부엌 한쪽에서 눈을 감고 숫자를 세셨다. 해감이 다 되었을 즈음에 눈을 뜨고는 배를 뒤집고 죽은 미꾸라지를 확인하셨다. 뜨거운 것 후루룩 먹고 나면 그뿐인 추어탕엔 엄마의 이런 고행이 담겼다고나 할까.

미꾸라지를 만지지도 먹지도 못하는 엄마에겐 이유가 있었다. 엄마가 새댁일 때 할아버지께서 미꾸라지를 자주 잡아 오셨다고 했다. 주로 추어탕을 해서 먹었지만 가끔 귀한 손님이 오실 때는 두부에 미꾸라지가 박힌 두부 미꾸라지 편육을 만들었다고 한다. 미꾸라지를 여러 날 굶기면 부글부글 속의 것들을 뿜어냈는데 소금 없이 해감을 하는 방법이었다고 한다. 비실비실 해감이 끝난 미꾸라지를 두부와 함께 냄비에 넣고 불 위에 올리면 뜨거움을 피해 미꾸라지는 차가운 두부 속으로 파고든다고 한다. 뻘을 헤집던 힘으로 두부 속을 파고 들었겠지만 그게 어디 뜨거움을 피해 들어갈 만한 곳이던가. 천천히 뜨거워지는 두부 속에서 미꾸라지는 그대로 익었을 것이다. 그 알알이 박힌 미꾸라지가 들어간 두부는 귀한 손님의 상에 올랐다고 한다. 새댁일 때 그 과정을 처음 본 엄마는 몸서리를 쳤고 며느리로서 음식을 해야 했지만 그대로 트라우마가 되었던 것이다.

미꾸라지는 도랑이나 웅덩이의 흙바닥에 산다. 어린 시절 방학 때 시골에 가면 도랑에서 삽으로 흙을 퍼내 미꾸라지 잡는 것을 봤다. 몸이 미끄러운 성질도 한몫했겠지만 땅을 파고드는 힘이 강해서 뭐든 단단한 것을 파고드는 건 어쩌면 미꾸라지가 가장 잘하는 것일지도 모르겠다.

작은 재주로 어떤 좋을 결과물을 앞에 두고 기고만장해지거나 세상이 좀 쉬워 보일 때 두부 속 미꾸라지를 생각한다. 난 지금 두부를 앞에 둔 뜨거운 냄비 속의 미꾸라지는 아닐까, 하고. 저곳이 자기가 죽을 곳인 줄 모르고 조금의 의심도 없이 온 힘을 다해 파고든 미꾸라지의 두부처럼 지금 내가 품고 있는 희망이 그런 것은 아닐까.

너무 쉬운 것 앞에서

물고기가 미끼를 물 때 그것이 미끼인 줄 알고 물었겠나.
제 목젖이 걸릴 줄 알면서도 덥석 물지는 않았겠지. 맛있
게 깊게 삼키고 나서야 그게 지렁이만이 아니고 새우만이
아니란 걸 알았겠지. 한 번 물면 돌이키기 어렵다는 것을
알면서도 눈앞의 욕망, 거부하기 힘들어라.

이토록 소중한 평범함

특별한 일이 없으면 집 근처 황산공원 산책을 한다. 보통 한 시간에서 두 시간 정도 걷게 되는데 낙동강을 따라서 걷다가 보면 갈대가 강을 가릴 정도로 무성하다. 20여 년 전에 사진을 시작하면서 갈대를 많이 찍었었다. 처음 사진전도 갈대였다. 갈대가 있는 곳은 어디든 갔다. 을숙도에서 많은 시간을 보냈고 제주도에서 순천만까지 오랜 시간을 갈대를 찾아다녔었다. 유독 갈대에 마음이 갔던 것은 갈라테이아가 그 시작이었다.

키클롭스란 외눈박이 거인족이 있었다. 폴리페모스는

키클롭스의 우두머리였는데 바다의 요정 갈라테이아를 사랑했다. 첫눈에 반한 갈라테이아에게 온갖 방법으로 구애를 했지만 돌아온 건 싸늘한 거절이었다. 그럴 수밖에 없었던 게 갈라테이아에겐 따로 사랑하는 사람이 있었는데 그는 목동 아시스였다. 어느 날 아시스와 갈라테이아가 서로 안고 있는 것을 본 폴리페모스는 질투심으로 그야말로 눈이 뒤집히고 만다. 화가 난 폴리페모스는 바위로 아시스를 내려쳐서 죽이게 되는데 그때 죽은 아시스의 피가 강이 되어 흘렀다. 아시스를 잃은 갈라테이아는 아시스의 곁을 떠나지 않았다. 아시스의 피가 만든 강가에 그대로 서서 그만 갈대가 되었다.

죽은 연인을 잃고 그 자리에서 갈대가 된 갈라테이아의 사랑도 슬프고 이유도 모르고 바위에 맞아 죽은 목동 아시스도 가엾지만 연적이 죽었는데도 사랑을 얻지 못한 키클롭스도 안됐기는 하다. 키클롭스는 포세이돈의 아들들로 그리스 신화에는 여러 키클롭스가 등장하는데 대부분 사람을 잡아먹는 난폭하고 미개한 외눈박이 괴물로 그려지고 있다. 난폭한 괴물이었다고는 해도 눈이 하나가 아닌 둘이었다면 첫눈에 반해 끝없이 구애를 하는 순정에 갈라테이아의 마음이 조금은 움직였을까. 아니면 거절을 하더라도 따뜻하게 했을까. 남과 같지 않다는 건 낯설고 일단 경계심을 갖게 한다. 키클롭스야 뭐 워낙에 악당이었지만.

그리스 신화에 등장하는 거인 키클롭스란 이름은 '둥근 눈'이란 뜻으로 이마 정중앙에 둥근 눈 하나가 박히듯 있다. 둥근 눈이 하나인 것에 착안된 키클롭스의 이름을 빌려 온 곤충이 있다. 사마귀다. 사마귀는 귀를 하나만 가지고 있다. 귀가 하나인 것도 신기한데 귀가 위치한 곳이 또 놀랍다. 바로 배에 귀가 달려 있다. 사마귀의 귀를 보게 되면 달려 있다는 표현이 어색하다. 그게 무엇인지 모르고 보면 배꼽일까 싶을 만큼 귀와는 거리가 멀다. 어찌 보면 여자의 생식기 같기도 하고 배에 금을 그어 놓은 듯 존재감이 크진 않지만 초음파를 인지하는 막강한 기관이라고 한다. 사마귀 귀가 초음파만 감지하는지 아니면 다른 소리도 듣는지 궁금했고 이게 정말 귀일까 싶어서 한 마리 채집을 해서 풀잎으로 귀를 툭툭 건드려 봤다. 소리 때문인지 이물감 때문인지 커다란 앞발을 휘저었다. 순간 머리부터 발끝까지 소름이 돋고 온몸이 서늘해졌다. 남들과 다르다는 것만으로도 상대에게 경계심을 주고 공포심도 심어 주는가 보다. 신화 속의 키클롭스야 그렇다 치더라도 눈앞의 사마귀는 내게 뭐라 하지 않는데도 그냥 막 으스스하다. 관찰을 마친 사마귀는 우리 집에서 한참 떨어진 공원 풀섶에 놓아줬다. 괴롭혔다고 복수하고 싶어도 멀어서 오지 못하도록.

남들보다 뛰어나게 잘하는 게 없고 선명하게 구분 지어질 만큼의 특색이 없는 게 늘 아쉬워서 다음 생엔 지금보다 괜찮은 생이 되었으면 했는데 남들과 비슷한 이 평범함이야말로 얼마나 소중한 것인가.

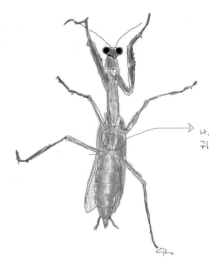

나,
귀

욕망을 다스리는 방범

　내가 사는 삶이 기준이 되니 나와 다른 것에는 이질감을 느끼고 불편하다. 얼굴엔 눈이 두 개, 코가 하나, 입이 하나라야 정상인데 사마귀의 귀처럼 하나이면서 그 위치한 곳이 배가 되고 보면 내 기준에는 이상한 곳에 이상한 귀가 있게 되는 거다. 나의 기준으로 봤을 때 이상한 곳에 위치한 것이 사마귀뿐만이 아니다. 박각시 나방의 귀는 심지어 입안에 있다고 한다. 그 역시 사마귀처럼 박쥐의 초음파를 감지한다고 하니 특별한 것은 평범함을 거부하는 모양이다. 중남미 지역에 사는 파란나비는 날개에 작은 귀를 가지고 있다는데 날개가 시작되는 부분에 달걀부침처럼 타원형의 얇은 막으로 이루어졌다고 한다. 다리에 귀가 달린 곤충도 있는데 귀뚜라미나 여치 종류는 앞다리에 있고 메뚜기나 매미는 배의 마디에 있으며 파리, 벼룩, 모기는 앞다리에 있다. 신기한 건 바퀴는 귀가 꽁지의 털에 달려 있어 소리를 아주 잘 듣는다고 한다. 그래서 한 마리가 보이면 보이지 않는 곳에 백 마리가 있다고 할 정도로 눈에 잘 띄지 않았던가 보다.

첫아이를 가졌을 때 낳기 전 내내 건강한 것은 당연하고 총명했으면 좋겠고 예뻤으면 좋겠고 다리도 길었으면 좋겠고 피부도 남편을 닮아 희길 간절히 바랐다. 예정일이 다가올수록 간절했던 것 하나씩을 지우고 있었다. 피부가 희지 않아도 될 거 같았다. 나도 까맣지만 사는데 별 불편은 없었다. 예쁘지 않아도 될 거 같았다. 요즘 의학 발달이 눈부시니까. 그렇게 하나씩 지우다가 불안한 마음이 점점 커지더니 그저 손가락 열 개, 발가락 열 개, 남들 있는 것 있고 남들 없는 건 없기만을 간절히 바랐다. 아이를 낳고 전신마취에서 막 깨며 혼미한 정신에도 나의 첫

마디가 손가락, 발가락 몇이냐는 거였단다.

이렇게 간절하게 바랐던 평범함이 막상 평범한 것을 얻고 보니 특별함에 은근 욕심이 난다. 끝없는 욕망으로 마음이 흔들릴 때 커다란 귓불이 늘어진 귀가 내 이마 중앙에 달린 상상을 한다. 상상만으로도 바로 욕망은 푸시시 바람이 빠진 듯 수그러든다.

나만의 공간

전쟁 통이었다. 두 남녀가 있었다. 사랑하는 사이였다. 두 사람은 사랑을 나눌 공간이 필요했다. 거리는 전쟁의 포화에 휩싸였지만 아랑곳없었다. 그저 두 사람의 몸을 숨길 네 면의 벽이 있는 곳을 찾아 헤맸다. 제목이 벽이었던 거 같았지만 내용도 책 제목도 다 정확한 건 아니다. 중학생 때 읽었던 내용이다.

오빠가 셋에 언니가 둘인 친구가 있었다. 그 친구네 집에 자주 놀러 갔다. 방에는 책이 많았고 LP도 많았다. 턴

테이블에선 늘 음악이 흘렀는데 그때 처음 들었던 노래가 조니 호튼의 〈All for the Love of a Girl〉이었다. 어찌나 음악이 좋던지 내용도 모르고 따라 부르다가 나중에는 가사가 좋아서 더 좋아하게 되었다. 내가 용돈을 모아 처음 샀던 LP도 조니 호튼이었으니까. 음악을 들으며 책도 읽었었는데 어느 날 손에 잡혔던 책이 전쟁 통에서 사랑을 나누기 위해 방을 찾는 주인공의 이야기였다. 방을 찾았는지 어쨌는지는 모른다. 어쩐지 읽어선 안 될 내용인 거 같아서 몰래몰래 읽다가 말았기 때문이다. 조니 호튼의 음악과 두 사람이 둘만의 공간을 찾기를 응원했던 기억만 생생하다.

후드를 깊게 쓰고 이어폰을 꽂은 모습은 힙합의 상징이 되었다. 힙합은 미국 할렘가를 중심으로 발전했는데 할렘가에는 이탈리아인, 스페인인 등 라틴계 주민들과 흑인들이 모여 살았다. 대체로 가난해서 각자의 방을 가질 수 없었다. 식구들 속에서 나만의 공간을 만들기 위해 후드를 깊게 썼는데 후드로 시선을 차단하고 오롯이 자신만의 공간을 만들 수 있었기 때문이라고 한다. 누구에게도 방해받지 않는 나만의 공간에 대한 절실함은 자기 방이 있었던 사람은 알기 힘들다. 1970년대의 나도 나만 쓸 수 있는 방이 있다면 못할 게 없을 거 같았다. 내 방만 있다면 마음도 착해지고 공부도 1등을 할 거 같았고 오빠랑 싸우는 일은 절대로 없었을 거 같았으니까.

느티나무 나뭇잎에 동글동글 사마귀처럼 매달린 게 있다. 벚나무 잎사귀에도 붉은 흉터처럼 불룩하게 솟은 게 있고 참나무 가지에 도토리가 아니면서 도토리랑 비슷하게 생긴 게 매달려 있기도 하다. 어떤 건 꽃보다 예쁜 것도 있다. 모두 벌레집 충영이다. 충영은 식물의 줄기나 잎에서 볼 수 있는데 비정상적인 혹 모양으로 부푼 모양을 하고 있다. 곤충이 안전한 보금자리와 먹이를 위해 식물을 자극해서 충영을 만들도록 한다고 추론하기도 하고 식물이 스스로 자신을 공격한 곤충에 더 이상의 피해를 입지 않으려고 방어하는 것이라고도 한다. 어떤 이유에서건 충영 안에는 곤충의 애벌레가 들어 있다. 모든 곤충이 충영을 만드는 건 아니라고 한다. 진딧물, 딱정벌레, 기생벌, 파리, 나방만이 만드는데 참나무에는 참나무혹벌에 의해 만들어지고 느티나무나 벚나무의 충영을 갈라 보면 진딧물이 들어 있다. 때죽나무의 충영은 바나나 모양인데 그 안에 있는 진딧물은 이름도 긴 때죽납작진딧물이다. 여러 색깔과 모양의 충영이 식물의 입장에선 보호 방식으로 애벌레를 가둔 것이지만 곤충의 입장에선 생존방식으로 자신만의 공간을 확보한 것이겠다. 모든 시선을 차단하고 어디보다 안전하고 먹을 것도 구비된 방공호. 1970년대의 나였다면 엄청 부러웠겠다.

벼꽃

사람마다 음식이 주는 의미가 같지는 않을 것이다. 팔십이 넘은 교수님은 생전의 어머니께서 해 주신 국수가 그리워 국숫집만 보면 지나칠 수가 없다고 하셨다. 지인역시 생전의 어머니께서 해 주신 소고기국밥 맛을 찾아서시골 오일장을 찾아다니고 있다. 많은 식당을 다녔지만두 분 모두 어디에서도 그 맛을 찾을 수 없다고 했다. 그도그럴 것이 그분들이 찾는 건 어머니의 국수고 어머니의소고기국밥이기 때문이다. 그것은 음식이 아니라 어머니에 대한 그리움이기에 이 세상에선 더는 먹을 수 없는 것이다. 이렇게 어떤 이들에겐 그리움이고 식도락가에겐 인생의 즐거움이며 만드는 이에겐 노동이기도 한 음식이 주는 의미는 다양하다. 내겐 쌀밥이 그렇다.

막 해외여행이 자유로워지면서 배낭여행 붐이 일기 시작할 즈음이었다. 일주일씩 짧게 다녀온 곳은 몇 군데 있었지만 한 달 일정으로 길게 배낭여행을 했던 곳은 터키가 처음이었다. 후배와 둘이서 나선 길이었다. 이스탄불에서 카파토키아를 거쳐 넴룻에 갔다가 흑해를 끼고 있는 트라브존까지 돌았다. 배낭여행 초창기 때라서 준비를 한다고 해도 막상 현지에선 난감한 상황을 매번 맞닥뜨려야 했다. 지금처럼 스마트폰이 있는 것도 아니고 인터넷이 발달했을 때도 아니라서 난감한 상황에 처하면 상황을 해결하기보다는 내가 왜 여기에 있나, 후회가 먼저 밀려들었다. 집으로 돌아오고 싶었던 순간이 많았지만 그중 제일 견디기 힘들었던 것이 아팠을 때였다.

사모아섬에서 배를 타고 그리스의 미코노스로 건너갔다. 터키만 여행하기로 했으나 미코노스엔 누드비치가 있다고 해서 일정에 넣었다. 미코노스섬에서부터 아팠다. 미코노스섬 선착장에 새벽에 도착했다. 숙소 예약을 미리 하지 않고 왔던 터라서 숙소를 잡을까 망설이다가 선착장에서 동이 트길 기다리기로 했다. 터키에서 상태를 모르고 숙소를 잡았다가 쥐가 침대로 올라오는 바람에 탈출하듯 새벽에 나왔던 일이 있어서 확인하지 않고 숙소를 잡기가 두려워졌던 까닭이었다. 선착장엔 우리뿐만이 아니라 많은 배낭족들이 벤치에 자리를 잡고 있었다. 덕분에 무섭진 않았으나 앉을 자리가 없었다. 맨바닥에 배낭을 베고 누웠다. 차가운 바닥에 누웠던 탓도 있을 테고 화장실에서 페트병으로 물을 받아 머리를 감은 탓도 컸을 테다. 으슬으슬 추웠다. 누드비치에 갔지만 눈에 들어오지 않았다. 7월의 뜨거운 그리스 날씨에도 한기가 들더니 다시 터키로 들어오기 위해 배를 탔을 땐 고열로 앓았다. 알아들을 수 없는 안내방송을 들으면서 간절하게 소망인 듯 꿈인 듯 뜨거운 쌀밥이 어른거렸다. 금세 지은 뜨거운 쌀밥 한 숟가락만 먹으면 살 거 같았다. 열은 내리고 다시 기운을 얻어서 당장 이 에게해를 헤엄쳐서 건널 수도 있을 거 같았다. 여행 종반이라 입에 맞지 않은 터키의 음식에 지칠 대로 지친 이유도 컸을 것이다.

갓 지어 김이 술술 나는 밥 한 숟가락에 길게 찢은 김치 척 걸쳐서 입 가장자리에 김치 물 벌겋게 묻혀 가며 우적우적 씹어서 꿀떡 삼키면 세상을 다 가진 듯한 경험은 누구라도 한 번쯤은 있을 것이다. 밥보다 면을 좋아하는 나는 해외여행을 할 때도 밥이 먹고 싶어 괴로운 적은 없었다. 그러나 어느 날 문득 쌀밥에 대한 그리움이 일게 되는데 이때가 되면 집으로 돌아올 때가 됐음을 깨닫는다. 나에겐 돌아올 집의 은유이기도 한 뜨거운 쌀밥 한 그릇.

쌀밥은 어디서 나는가. 벼도 꽃을 피운다. 게으른 농부는 보지 못한다는 말이 있다. 그만큼 빨리 진다는 것이겠다. 5월에 모내기를 하고 석 달쯤 지나면 벼 껍질이 다닥다닥 붙은 통통한 줄기가 올라온다. 이를 두고 벼가 팼다고 한다. 벼가 팬 후 하루나 이틀 사이에 벼 껍질 사이로 하얀 꽃이 핀다. 벼꽃은 언뜻 보면 우담바라로 불리기도 하는 풀잠자리 알처럼 생겼다. 수술가루가 암술에 수분이 되면 껍질을 닫고 씨앗을 키우게 되고 이것이 자라서 쌀

알이 되는 것이다.

꽃 하나에 쌀알 하나씩이다. 하루 세 끼, 날마다 마주하는 밥. 얼마나 많은 꽃이 져야 이 한술 밥이 되는 것일까.

밥벌이의 숭고

밥 먹는 일 이제 하찮아진 듯해도 울 아버지 팔십 평생 밥벌이하시다 가셨네. 산 입에 거미줄 두려워 밥 버느라 새벽잠 길었던 적 없었는데 고두지다, 식었다, 밥 못 먹는 사람 있느냐며 참 많이도 징징거렸었구나. 제상에 뜨신 밥 한 그릇 고봉으로 올리니 밥 한 그릇이 이토록 아프고 슬플 줄이야. 마음 구석구석이 뻐근해지네.

나의 나비넥타이

반딧불이를 닮은 홍반디가 있다. 홍반디는 공격을 받으면 하얀색의 물질을 내뿜는데 이 물질에 독성이 있다. 이 독으로 사람이 죽는 건 아니지만 작은 곤충에겐 치명적이라고 한다. 이처럼 치명적인 독을 지닌 홍반디는 더듬이가 참으로 독특하다. 마치 빗의 빗살에 웨이브를 넣은 것처럼 생겼다. 요란하고 화려하다. 우아한 머리와 산발한 머리 그 중간 어디쯤에 있다고나 할까. 크기 또한 커서 몸의 절반쯤 되는 큰 더듬이를 이고 있는 느낌이다. 곤충도감을 통해 본 녀석의 더듬이에 완전히 매료되었다.

홍반디의 더듬이를 볼 때마다 내 머리로 손이 간다. 일곱 살 은설이가 나를 보고는 사자머리 같다며 제 엄마에게 귓속말을 하고부터다.

어릴 때부터 알던 친구들은 지금도 나를 '캔디'라고 부른다. 순전히 머리 모양 때문이다. 내가 다녔던 여고는 귀 밑 1cm의 단발머리가 규정이었다. 등교 때 자로 귓불에서 머리카락 길이를 재곤 했었는데 날마다 머리카락은 자라는 까닭에 귀밑 1cm를 넘어설까 봐서 스트레스가 이만저만이 아니었다. 양 갈래로 머리를 땋아 내리는 타 학교로 전학하고 싶을 정도였다. 학교를 졸업하자마자 계속 머리카락을 길렀다. 그리고 머리카락이 뽑힐 정도로 단단하게 롤을 만 펌을 했다. 머리숱이 많았던 터에 긴 머리카락을 머리 밑까지 말아 펌을 했으니 머리카락만 한 보따리였다. 바람이라도 불면 그야말로 산발한 모양새다. 머리카락을 감당하지 못해 양쪽으로 핀을 꽂았었는데 그 머리 모양이 그때 한창 유행하던 만화 '캔디'의 머리 모양과 비슷했기 때문이다. 이후 40년 내내 유지하고 있다. 나이를 먹으면서 펌을 해도 그때처럼 머리카락이 풍성해지지는 않지만 막 미장원을 나서는 내 머리 모양은 나의 만족과 상관없이 사람들에겐 이해하지 못할 무엇인 거 같다. 어리거나 젊었을 때는 그럭저럭 보아주던 것 같은데 나이가 이만큼이고 보니 도무지 이해 불가인 것 같다. 가끔은 묻는다. 왜 그렇게 머리를 볶느냐고. 그 뒤에 숨긴 하고 싶은 말을 난 알고 있다. '촌스럽게'

작고하신 이윤기 선생의 소설 중에 《나비넥타이》가 있다. 소설 속 화자의 친구인 박노수는 말을 더듬고 대인공포증이 있는 인물로 그의 아버지는 대학의 국문학과 교수다. 박노수의 아버지는 사시사철 나비넥타이를 매고 다녔다. 모든 면에서 온화한 성품의 아버지는 나비넥타이를 매는 것에 사람들의 뒷말이 무성한 것을 알면서도 나비넥타이를 포기하지 않았는데 박노수는 그런 아버지가 이해가 되지 않을뿐더러 부끄럽다. 실제 소설 속에서도 상당히 부정적인 측면을 나타내는 상징어로 표현되어 있다. 그러던 박노수가 미국 유학을 마치고 오는데 얼굴에 콧수염을 하고 나타나서는 소설 속 화자에게 자신의 아버지 나비넥타이를 네 목에도 하나 채워 줄까 묻는다. 자신도 콧수염 하나 앞세우니 다른 걸로 시비 거는 이들이 없다며 그게 그리 나쁜 건 아니라면서.

　사람마다 저마다의 '나비넥타이'가 있을 것이다. '나비넥타이'는 취향일 수도 있겠고 정체성일 수도 있겠고 나름의 살아가는 방식일 수도 있겠다. 큰 병이 있으면 어지간한 병은 다 견딜만한 것이 되는 것처럼 더 큰 어떤 것을 감추기 위한 자신만의 전략 같은 것 말이다. 나의 '나비넥타이'는 내 요란한 머리 모양이 아닐까. 이런 시각으로 본다면 몸의 절반을 넘는 화려한 빗살 모양 더듬이는 홍반디의 '나비넥타이'일지도 모르겠다.

내 병이 나를 위로하다

　어쩌다 보니 지병을 하나 지니게 되었어. 이전엔 여기저기 아프단 말을 입에 달고 살았는데 지병이 생기곤 어지간한 것들은 그까짓 꺼 하게 되네. 사니 못 사니 하는 수만 가지 고통 한방에 정리해 주려고 늘그막에 지병이 찾아온 거 같아. 지병과 함께 사는 일 영 나쁜 것만도 아닌 거 같아.

내가 나에게 주는 이름

동아리에서 1박 2일로 여행을 떠나는 길이었다. 이틀 동안 모두 통일된 이름을 부르자며 이름자 끝에 '팔' 자를 붙여서 불렀다. 이름 끝자가 달라지면 이름의 분위기 또한 확연히 달라진다. 상팔이, 애팔이, 주팔이, 옥팔이, 향팔이, 양팔이, 영팔이. 남녀 불문 부를 때마다 건달의 분위기가 나서 여행 내내 우린 이름처럼 팔팔하게 즐거웠었다. 주희라고 부르면 여릿여릿한 느낌이 주팔이라 불렀을 땐 건들건들 신바람이 난다. 어떻게 부르냐에 따라 기운이 달라지니 이름이 중요하지 않을 수 없겠다.

김아타라는 사진작가가 있다. 사진을 하면서 '너와 나는 동등하다'는 의미를 담은 '아타'라는 이름을 스스로 지었다. 태어나면서 부모님이 지어 준 이름으로 지금까지 불렸으니 이후의 삶은 불리고 싶은 이름으로 살고 싶었던 것이겠다. 부모로부터 받은 것으로 일생 살 수도 있겠지만 자유의지로 이름 정도는 바꿔도 괜찮지 않을까. 우스꽝스러운 이름은 자존감마저 낮아지게 만드는데 특히 남아 선호를 바탕에 둔 이름은 내 이름이 아니더라도 참 서글프다. 동생은 아들을 낳으라고 종말이, 후남이, 필남이. 딸은 그만 낳자고 필녀, 끝순이. 딸이 많아 순서대로 일숙이, 이숙이, 삼숙이. 엄마가 화장실에서 볼일을 보다가 아이를 낳았다고 똥례, 분례. 심지어 이름에 무명씨, 아무개란 이름도 있으니 부모의 무관심도 있었겠지만 배곯지 않는 것이 제일이었던 시절의 배경도 컸을 것이다.

숲 선생님들은 숲 이름을 하나씩 가지고 있다. 숲에서 부르는 이름이라서 대부분 식물이나 곤충이 많다. 연두, 보리, 토리, 깽깽이. 자신이 좋아하거나 나비, 거미, 매미, 꿀벌 등 아이들이 좋아하는 것으로 이름을 삼기도 하고 또 지렁이, 다람쥐, 민들레 등 아이들이 부르기 쉽고 기억하기 좋은 이름을 쓰기도 한다. 어떤 선생님은 눈이 부리부리 부엉이를 닮았다고 아이들이 부엉이라는 이름을 지어 주기도 했다. 나는 '열무'를 숲 이름으로 쓰는데 열무를 좋아해서가 아니다. 열무를 좋아하지 않았다. 10대 때 집안 사정으로 갑자기 변두리로 이사를 했는데 집 근처에 포도밭이 많았고 포도밭 빼고 남은 땅은 온통 열무밭이었다. 이사를 해야만 했던 사정도 싫었고 이사한 동네도 싫으니 포도도 싫고 열무도 싫었다. 열무는 죄가 없는 것을 너무 오래 앙심을 품었던 거다. 숲 선생을 하면서 열무에 대한 속죄로 숲 이름으로 삼았다. 그랬더니 열무가 자라 피워 올리는 하얀 무꽃은 어찌 그리 청순하며 열무김치는 어쩌자고 이렇게나 맛있는지는 모르겠다. 열무, 열무라고 부를 때마다 세상 그보다 더 다정한 이름은 없는 것 같고 내 안에서도 하얀 무꽃이 수없이 흔들리며 마음 구석구석이 다 환해진다. 어떤 이름으로 불려지느냐는 역시 중요한 것 같다.

아이들과 숲 이름을 지어 부르는 놀이를 했다. '개미가 좋아요', '콩벌레랑 달리기 할래요' 등 인디언식 이름을 말하기도 했고 역시 아이들답게 '티라노사우르스', '트리케라톱스' 등 엄청난 이름을 말하는 아이도 있었다. 말없이 웃기만 하던 채은이는 수줍은 듯 '키티'라고 했다. 평소 키티를 좋아하더니 이름으로 삼고 싶었던 모양이다. '무당벌레', '호랑이', '선생님 생각이 안 나요'. 여기저기서 막 떠오르는 이름을 부르느라 숲이 소란스러워지고 그 소란에 아마 새들도 후두둑후두둑 일시에 날아올랐을 것이다. 스스로 이름을 지어 부르는 건 생각보다 신나고 설레는 일이다. 마음에 드는 이름 하나 지어서 가만 불러 보자. 몰랐던 나도 만나고 또 이전의 나랑 좀 더 가까워진 기분이 들지도 모른다.

오후 세 시 바람이 분다

숲 활동 시간은 보통 오전 오후 두 시간씩 진행된다. 오전은 10시부터 시작하고 오후는 1시부터인데 오후 활동이 모두 끝나면 3시가 된다. 아이들의 사정에 따라 조금씩 다르긴 하지만 대체로 이 시간에 숲 활동이 이루어진다. 대상이 유아들이라고는 하지만 9시쯤 숲에 먼저 가서 활동할 장소를 둘러보며 준비하는 시간은 사뭇 긴장이 된다. 안전의 문제도 있지만 아이들과 보낼 시간에 대한 염려가 가장 크겠다. 아직 숲 선생으로 이력이 없어선지 아이들이 지루해하면 어쩌나, 의욕이 앞서 놀이에 간섭을

하게 되면 어쩌나 하는 소소한 걱정은 오후 3시가 되어서
야 비로소 내려놓을 수가 있다. 아이들과 작별하고 난 이
오후 세 시의 숲을 좋아한다.

　아이들이 내려간 숲은 갑자기 고요해진다. 주차장 아래
에서 올라오는 희미한 아이들 소리에 숲의 고요가 더 깊게
느껴진다. 가끔 산책을 하는 사람들 몇몇이 오가지만 숲과
나만 마주하고 있는 경이로움이 있다. 숲에 드는 빛도 바
람도 이제부터 잘 보인다. 숲은 빛에 따라 모습이 다양한
데 단 한 번도 같았던 적이 없다. 바람에 그림자가 중첩되
며 부피가 커지기도 하고 서향으로 기우는 빛에 우르르 나
무들이 한곳으로 방향을 틀 때도 있다. 그럴 때마다 나도
숲의 이곳저곳으로 시선을 돌리게 된다. 시간이 멈춘 듯
바람 한 점 없으나 나뭇잎 사이사이로 볕이 모스부호처럼
숲에 떨어진다. 바람이 분다는 걸 이렇게도 감지한다. 손
에 닿거나 눈에 보이지 않아도 바람의 발걸음을 다 헬 것
같은 마음으로 숲에 머물길 즐긴다. 햇빛의 움직임에 따라
나무가 제 크기를 재 보는 걸 본다. 바람이 불면 바람의 방
향으로 나무가 제 넓이를 가늠하는 것도 볼 수 있다. 그런

나무를 보며 나도 내 크기와 넓이를 짚어 본다.

숲에 머문다고 해서 생각이 확 바뀌거나 사고가 확장
되거나 갑자기 마음이 너그러워지는 것은 아니다. 잠시
머물다가 보면 갇힌 생각에서 벗어나기도 하고 내 밖에서
나를 바라보게 될 때가 있다. 부득부득 옳다고 했던 것도
내가 틀렸을 수도 있다는 생각을 이때 자주 한다. 내가 틀
렸을 수도 있다는 자각은 많은 문제를 해결해 준다. 나 아
닌 존재를 인정하기란 말처럼 쉽지 않아 날마다 부딪치는
사람들과의 관계는 힘겹다. 자주 입는 옷에 보풀이 많이
이는 것처럼 자주 만나는 사람들과 부대끼다 보면 감정의
보풀이 심해진다. 안 볼 수도 없는 일이고 함부로 해서도
안 되는 관계다 보니 피로감은 심해지고 마음은 잘 벼린
칼날처럼 예리해지곤 한다. 뭐 하나 당장에 잘라 내야만
수그러질 듯한 예민한 마음도 숨을 고르고 숲을 따라 호
흡을 맞추다 보면 날이 섰던 부분은 어느 정도 무뎌지고
숲을 내려올 땐 마음이 말랑해진다. 이렇게 숲에서 맞는
오후 세 시의 시간이 숲 밖의 나와 숲 안에 있는 나의 이음
새가 되어 준다. 일을 하지 않는 요즘도 오후 세 시가 되면

바람이 나를 숲의 그 자리로 데리고 간다.

오후 세 시 바람이 분다

ⓒ 이영, 2024

초판 1쇄 발행 2024년 3월 21일

지은이   이영
펴낸이   이기봉
편집   좋은땅 편집팀
펴낸곳   도서출판 좋은땅
주소   서울특별시 마포구 양화로12길 26 지월드빌딩 (서교동 395-7)
전화   02)374-8616~7
팩스   02)374-8614
이메일   gworldbook@naver.com
홈페이지   www.g-world.co.kr

ISBN   979-11-388-2870-3 (03810)